生活因阅读而精彩

生活因阅读而精彩

天下美文
-爱情卷-

古保祥／著

在最美的年华遇见你

中国华侨出版社

图书在版编目(CIP)数据

在最美的年华遇见你:天下美文爱情卷/古保祥著.—北京:中国华侨出版社,2014.9（2021.4重印）

ISBN 978-7-5113-4922-4

Ⅰ.①在… Ⅱ.①古… Ⅲ.①散文集-中国-当代 Ⅳ.①I267

中国版本图书馆 CIP 数据核字(2014)第221626号

天下美文爱情卷:在最美的年华遇见你

| 著　　　者 / 古保祥
| 责任编辑 / 严晓慧
| 责任校对 / 钱志刚
| 经　　　销 / 新华书店
| 开　　　本 / 787 毫米×1092 毫米　1/16　印张/17　字数/220 千字
| 印　　　刷 / 三河市嵩川印刷有限公司
| 版　　　次 / 2014年11月第1版　2021年4月第2次印刷
| 书　　　号 / ISBN 978-7-5113-4922-4
| 定　　　价 / 48.00 元

中国华侨出版社　北京市朝阳区静安里26号通成达大厦3层　邮编:100028
法律顾问:陈鹰律师事务所
编辑部:(010)64443056　64443979
发行部:(010)64443051　传真:(010)64439708
网址:www.oveaschin.com
E-mail:oveaschin@sina.com

序

  少年衣袂飘飘,除了向往美味的食品外,对爱情亦充满了朦胧的向往。这种情怀好似一只恼人的虫子,在自己的被窝里轻轻地蠕动,哪怕稍微有一点风吹草动,便可以让你瞬间春风满怀。

  我遇到一位长我一岁的姐姐。大学毕业,匆忙择业失业,还未从失业的苦恼中脱胎换骨,便猝不及防地让我遇到了她。她善良,对我的捉弄总是温柔一笑,就好像她有一双充满魔幻的手,温柔地一挥,便扫尽世间阴霾,从此后,再多的坎坷也是风平浪静的前曲,原来,这世上有一种爱叫风雨同舟。

  于是,我迫不及待地让她成了我的新嫁娘,长我一岁的姐姐,十余年时光荏苒而过,虽然也曾经争吵，更会与邻居家产生瓜田李下的不愉快，但她的善良却贯穿了我的一生。

善良的花，施以温馨的暖暖的肥料，恐怕爱情这颗果子，想不芳香怡人都困难。

年迈的老人，在吊唁已离开的妻子，在公墓旁，这幕场景让多少人不忍卒睹。老人在烧给自己的爱人叠好的纸鹤，他说他们结婚时，流行折纸鹤，他曾经答应过她，这辈子要折一万只纸鹤给她，现在还差许多，因此，他不能离世。老人告诉我，如果用一个词形容我们的爱情的话，那就是"爱心"了。

爱心，对丈夫的爱，对家人的爱，对邻家的关怀，对陌生人的关爱。老妇人在世时，是一名医生，一辈子施爱无数，她救助过陌生的遇难者，曾经一度将自己家变成他们的天堂。开始时，他不理解，她一直坚持，多年以后，当他们都老了，那些感恩，那些笑容，都是对他们最真诚的回报。他们觉得爱情不是一对伉俪的全部，爱是普度，是施予，是恩惠到所有可以关注的人群。

你在爱的舟上刻下属于自己的春秋，一定可以求到一柄"轩辕剑"，爱的世界里，每个人都有自己的经典情话。

目 录
CONTENTS

第一辑
给你一抹时光过尽千帆

我不是你的如花似玉	003
每天送自己一朵玫瑰	006
怎么会没有爱情	008
收回为你种下的爱情蛊	011
略施爱情小伎俩	014
用余下的时光形同陌路	017
给你一抹时光过尽千帆	020
世上最温暖的拥抱	023
每天下午 5 点的 103 路公交	026

红痘红 029

生命比爱更重要 032

原谅我无法陪你到地老天荒 035

等一个男孩成长为男人 038

最美的月，引来最好的吴刚 042

发如墨 045

妻子的两手准备 048

用脚弹出的吉他曲 051

幸福与我们相向而坐 054

每天1小时的唇齿相依 057

第二辑
摇曳红尘中的似水流年

最后一封情书	063
为爱奔跑的女子	065
重播爱情	068
一朵就可以代表爱情的全部	071
男人的秘密	073
花与爱的距离	075
酝酿了十年的爱情	078
天使路过明前街	083
我曾是你的画中人	089
摇曳红尘中的似水流年	094

那一场似是而非的青春期沙尘暴　　100

那一场鸡零狗碎的风花雪月　　106

2010，关于爱情的最后一场是非曲直　　113

寻找一段2002年的风花雪月　　120

烟花三月爱上你　　129

十年桂花香　　135

关于一只猫的爱情往事　　138

有些爱，永远不在服务区　　143

第三辑
世上没有恒温的爱

爱的眼神	149
拨错的手机号码	152
爱的尊严	155
那个在门口蹲着的男人	157
爱的保温时间	159
爱比婚姻的时间长	161
世上没有恒温的爱	163
寻找耳廓的男人	165
合戴的水晶项链	167
不敢得病的女人	171

有破洞的呢子大衣	174
爱的特快专递	176
藏在鞋子里的爱	179
爱与不爱	181
意外的爱	183
戒口	189
水土不服的爱情	192
12朵爱情黄玫瑰	194

第四辑
一辈子只用一次浪漫

爱的180度	199
一辈子只用一次浪漫	201
爱情园丁	203
爱情的成本核算	205
爱情鸿沟	207
爱情遗嘱	209
为你等待一百年	212
小一号的爱情	216
爱到极致却是死	218
这里的爱情静悄悄	220

杯记得茶的香味	222
爱情不拐弯	224
写在信封角上的爱情	227
婚姻是女子的最后一道长堤	230
幸福住在时间的肩头	233
爱从"胭脂"到"西红柿"	235
爱情雨	237
为爱情充值	239
旗袍开花	241
晚上7点钟的爱情	244
爱情的第三辆车	247
一朵花的幸福不叫春天	249
爱人是用来麻烦的	252
是谁偷走了你的爱情	255

第一辑

给你一抹时光尽千帆

我不是你的如花似玉，你有爱你的人，我更有自己的锦缎岁月，前尘往事只是一场是非纠缠，不能延伸你我的山盟海誓，更不是你我存活于人世的标本。现在的你，无论如何标新立异，也永远无法替代过去的流水落花。再见了，我只是一个远行的陌路人，愿你收拾好你的山河岁月。

我不是你的如花似玉

种种迹象表明,她有了外遇,不是猜忌,更无须铁证如山,男人的眼睛是雪亮的,一旦有风吹草动,便会导致婚姻生活的鸡犬不宁。

他不算个大男子主义者,甚至有些懦弱,也曾有过多次蜻蜓点水般的爱情趣事,但一眨眼便成了历历往事,10余年平淡的婚姻生活,早已经将他的浪漫消磨殆尽,如今只剩下断壁残垣。

妻是个事业型的女强人,每日里加班是家常便饭,而他曾经一度成为"宅男",在家中带着孩子,每日过着单调乏味的生活,日常开支全是她埋单,朋友们说他遇到了一个能干的女子,而他知道,他们是在笑话他吃"软饭"。

他们的爱情,是在校园里开始的,妻当时算得上如花似玉,硬是从他初恋的手中抢走了他,他也算得上出类拔萃者,文韬武略,激情四射,阳光明媚,当年,爱着他的初恋女友是哭着离开他的,虽然没有刀光剑影,也曾石破天惊。

正当他一筹莫展之时,他竟然得知了初恋的消息,她至今未婚,周末回城,举办同学会,而他则有幸位列其中。

他忙不迭地找寻过去的记忆,找到了与初恋在一起的照片,妻子对这些曾经穷追猛打,这些照片算是他精心保护的结果。望着照片中的懵懂少年,他心中七上八下。

几杯薄酒，叙叙年少心事。同学们议论的焦点依然在他们俩身上：多么好的一对儿，如今海角天涯地尴尬着。

他留了下来，与她海聊，天南地北地聊，聊到兴处，觥筹交错，灯红酒绿。

他知道她要留在本城，她现在富足，准备在本城开一家连锁店，她问他有没有兴趣，他满口允诺，他想好了，将过去的失落找回来，弥补对她的缺憾。

妻子显然发现了他的异常，回家勤了，看的也紧了，但他依然故我，他早已经想好说辞，逼紧了，就曝光妻子所有的劣行。

半年时光，等于重新恋了爱，他捡拾了遗落的时光，就像一个少年，在沙滩上奋不顾身地寻找着童年时落下的水晶。

终于有了表白的机会，酒入愁肠，趁着夜色，借着她的如花美貌，他坦白了自己的心事，将自己现在的爱情和盘托出，说到痛处，泪如雨下。他说自己将最好的青春留给了她，而如今的她却选择了红杏出墙，每日里在公司加班，那么多的俊男，不出事才怪。

她只是听，面无表情，等他说完了，她从抽屉里拿出了一大堆的文件让他看，原来全是与妻子所在公司的合作文件，她解释道："我们都在忙，你不要猜忌她，这一段时间，我与她接触最多，她是个女强人，但一直牵挂着你。这不是你可以出言不逊的理由。还有，我回来，只是为了续同学的友谊，不是为了听你的风花雪月。

"我不是你的如花似玉，你有爱你的人，我更有自己的锦绣岁月，前尘往事只是一场是非纠缠，不能延伸你我的山盟海誓，更不是你我存活于人世的标本。现在的你，无论如何标新立异，也永远无法替代过去的流水落花。再见了，我只是一个远行的陌路人，愿你收拾好你的山河岁月。"

当年那个与他寸步不离的女孩子，就这样甩门而去，留给他无尽怅惘。

每个男人都会有自己的最爱，他们会在家的土壤里播撒世间最美丽的爱情。爱情不是你可以轻薄的理由，更不是你可以袖手旁观的元素，你有你的如花，而我不是你的似玉。

每天送自己一朵玫瑰

女人离婚了，郁郁寡欢，想死的心占据着心灵的高地，想起婚前的风花雪月、灯红酒绿转眼间便如过眼烟云，女人觉得自己以前太傻了，对他太好，对己太差，不缺钱，缺的却是活色生香。

女人打算送自己一朵玫瑰，恋爱时，男人经常送自己一大束玫瑰，她曾经为此海誓山盟，泪光朦胧，但男人后来转移了目标，将玫瑰送给了另外一个女人，据说那女子年轻、妩媚、杨花水性。

玫瑰于第二天一早被一个帅气、阳光的小伙子送到了自己的办公室里，当时，会议正开，灯光正亮，女人的脸上闪现了少有的满足与浪漫。同事的议论成了一种催生喜悦的药，原来，人都是自私、虚伪的，一朵玫瑰，竟然圆了自己的梦。

女人一整天活在潇洒的境界里，心情舒畅了，工作也做得风生水起。恰巧老板来巡视，一屋子的员工们，七嘴八舌的，将她所带领的团队说得喜气洋洋，老板感动得热泪盈眶。

她才明白，拥有一个好的心情是多么惬意的事情，因此，她决心将虚荣进行下去，每天一束玫瑰，不间断，不停歇，像雪，像雾，像花，更像有病人需要的良药。

办公室里花开满园，下属才知道领导爱花，于是，找来了花盆，将整个办公室变成了海，换成了洋。

一个客户来访，谈判陷入了僵局，期间到办公室找她，一下子春风满怀，一个喜爱玫瑰的老总，再多的尴尬也会瞬间烟消云散。

老总一定恋爱了，是个大款，祝贺她吧。同事们将整件事情炒得甚嚣尘上，只有她依然故我，淡定成了她的唯一特征。客照样请，酒照样喝，玫瑰照样送，几个好事的家伙私下里进行了人肉搜索，但就是无法查清缘由，急得他们如热锅上的蚂蚁。

每天买束玫瑰送自己，有什么不可以？谁规定了女人不能送自己玫瑰？有爱情的生活固然很美好，可是爱情不是生活的全部，在缺失爱情的日子里，送给自己一束玫瑰花，有什么不可以？

玫瑰开了谢，谢了扔，新的补充进来，日子如烟尘般过去，女人忘了过去的恨，爱上今日的好，脸上再无风云变幻，换成了喜上眉梢。

大家不再猜测这样深不可测的事情了。直到有一天，送玫瑰的小伙子拜倒在她的办公桌前，一大捧的玫瑰，感天动地的那种。她惊呆了，那个替自己送了两年花的小伙子，竟然爱上了她的浪漫与执着，姐弟恋也好，包藏祸心也罢，反正，他是爱上了她，不可收拾的爱。

才知道，爱情重新回来时的美好：好的心情便是巢，自然引来凤凰；这么多玫瑰，自然可以招蜂引蝶；那么多的倾国倾城，自然可以赢得青睐。

这是福，更是活法，也是一种望尘莫及的爱。

怎么会没有爱情

朋友呼延，简直就是个十全十美的男人，除了脾气柔弱、对妻子百依百顺外，各种男人的潜质与特长他兼而有之。可以这样说，家里的活，外面的工作，妻子的化妆品，他均可以如数家珍，倒背如流。做这样的男人累不累？许多人这样问他。他脸上满是幸福，分内分外都是爱呀！

偏偏爱情多舛，这样一个天赋极强的男人，妻子偏偏却是个水性杨花的主儿。开始时不知，不是不知，是忍着，呼延不想女儿失去母亲。忍让让她变本加厉，后来干脆将家中当成了偷情的战场，恰巧那个傍晚时分，被回家为女儿收拾行李的他撞了个正着。没有战争，呼延没有继承呼延庆的打打杀杀，只是跺了脚，瞪了眼，从此后，形同路人。

三个月光景苒苒而过，偏偏是他，领着女儿去寻找妻子，说是女儿想母亲了。朋友说他兜不住，这样的女人就该给她一个血的教训。女人倒也识相，见好就收，答应与那小情人分道扬镳，与呼延一心一意过后半生的光阴。

白玉微瑕罢了，谁还没有不堪回首的过往，爱情故事中，不要轻易贬低对方的身份与立场，谁都有站错位置的时候。

依然是那个好男人，依然是一路小跑，女儿用的，妻子用的，自己用的，应有尽有，遇到妻子加班，扯着女儿，站在妻子单位的小弄里苦苦守候。

这样的男人，竟然没有爱情？在家中，算个仆人；生活中，没有脾气，老好人，遇到谁都打招呼。这样性格的男人，在女人看来，没有性格，不特立独行，女人不会爱的，女人爱铁骨铮铮、雷厉风行的男人。

勉强度日子，在酒中熬岁月。他学会了喝酒，偶尔也到家中发些小性子，只是在女儿面前，他从来没有与任何人红过脸，他是女儿眼中的天使爸爸。

他终于下定了决心，想与她离婚，这样的苦难，已经超过了八十一难，为何苦不尽，甘不来？没有人劝慰他，在朋友们看来，这样的婚，不如扔了，踢了，从此后换一个风平浪静的干脆人生。

她竟然生了病，癌症晚期，晴天霹雳，天落巨石。他自然再不提离婚之事，认真守着妻子，要啥给啥，不要啥也想给啥；他哄女人开心，讲女人爱听的故事，讲他们恋爱的峥嵘岁月，讲到喜处，潸然泪下，说到福处，四手紧握。

无法拽住逝去的年华，女人仓皇离世。

发誓再也不娶了，为女儿守一辈子，既然做了好男人，就要一辈子坚持到底。

女儿大了，不听话了，他无法自已；女儿来例假时，他竟然手足无措，在邻家阿姨的帮助下才蒙混过关；女儿有了心事，天天晚上关在房间里自顾不暇。

才知道没有女人的日子，生活何其狼狈。他下定决心，招一个体贴女儿的保姆，不算征婚，她所做的一切全是为了女儿，与己无关。

一份特殊的启示，惹得众人大笑之余，竟然吸引了无数人应征，不冲钱，许多女人认为，这样的好男人，值得同情。

小他十岁的一个大龄女子，与女儿打成了一片。忽然有一日，摊了牌，女儿说自己找了个新妈妈,他大跌眼镜。而那女子,于一个黄昏时分,认真地与他谈,交代心事,说了爱,道了情,女儿竟然是中间人。

天作之合,由不得他逃避。怎么会没有爱情?做尽了善事,月老也会怜悯,半辈子为别人施了爱,总会收获一份缠绵到老的爱情。

依然是那样的风里来雨里去,依然是勤勤恳恳的一个好男人,遇到她加班时,他依然会执着地守候,不选择则已,既然一拍即合,便要负一辈子的责,担后半生的任。

我们时常抱怨自己没有爱情?你付出了多少?是否总是幻想得到,分文不出,这世上没有白手起家的爱情。

怎么会没有爱情?

收回为你种下的爱情蛊

分手三年，她一直关注着他，不单单关注他的一言一行，更因为，他带着他们的女儿孤苦伶仃地艰难生存。每逢与女儿相逢，她最关注的便是他的生存状态。在女儿的心中，他是高大的父亲，女儿一直对当初她的决绝感到气愤，曾经好长时间与她冷战。

已经回不去了，现在的她，已经重新嫁了人，现任是富翁，万贯家财，更要紧的是，现任深恶以前婚姻的不愉快，对于现在的她，加倍珍爱，她就像他手中的宝，不可能让别人随便抢走。

她曾经以各种各样的方式补贴他与女儿，均被他无情拒绝，他绝不要女儿食嗟来之食。

他一直单着身，兴许是自己当初种下的爱情蛊起了作用：她当时是痛快，现在却寝食难安。当年情景，历历在目，为了报复他的不可一世，她竟然当着他的面，说了许多不着边际的话，谩骂、威胁，甚至威逼利诱，她最后告诉他：你一辈子也不会找到心爱的女人。

这样的蛊，现在看来，只是一时气盛而已，她多么渴望让他重新拥有一个疼他、爱他的女人，他需要安慰，需要关怀。尽管回不去了，如果能够回去，她宁愿重新选择他，他是知心知性的男人，不仅仅是一个好丈夫，更是一个好父亲。

她得了心病，晚上做梦时，一直为那爱情蛊而郁郁寡欢。疼她的丈夫竟然发现了端倪，细细询问之下，她在某个午夜将心事和盘托出。

本来以为他会怒火中烧，已经再婚了，你竟然如此惦念以前的男人！而现任却没有，他替她分析，讲道理，天底下竟然有如此包容大度的男人！

"种下的蛊，是可以收回的。"两个人窃窃私语，商量了一条好计策。

已经工作的女儿领了一个保姆回家，保姆中年丧夫，这些年一个人形影相吊，女儿心疼父亲，找一个保姆替他料理日常家务。

每天在家中，有了一个与他说话的人，才知道这个女人竟然有如此的贤德：每天辛苦地打扫卫生，将出门应酬的衣服熨帖整齐，日常家务，包括他的起居生活，照顾得无微不至，上哪儿去找这么贴心的女人？

他竟然动了心，动了心的是双方，女儿筹划，两个人迅速地跌入了爱河里，不可自拔。

一来二去的，一年以后，竟然到了谈婚论嫁的年纪，双方不再僵持了，与其死守着，倒不如好好地爱上一场。

婚礼当天，竟有许多人不请自来。特别是看到了自己的前妻，女儿挽着她的胳膊，一脸欢欣。

尴尬万分，她是来踢场子的吗？难道就是要咒我一辈子难以幸福？他胸闷难忍。

"我是新娘的亲戚！为何不能前来？"原来，新娘竟然是她现任的堂妹。

她却是来送祝福的！接过司仪手中的话筒，她与她的现任一起向他们发出幸福的祝愿。

"三年前，我自己种下的爱情蛊，今天终于收回了，愿我们每个人都拥有自己的幸福生活,我祝福你们。"

她的现任,将自己的堂妹介绍给了他,皆大欢喜的收场,这样的爱情,比吃醋、撒娇、嫉妒的结尾要丰满了许多。

"这真是一桩蒙太奇般的爱情故事。"观众们拍红了手,为他们这样圆满的爱情结局而赞叹。

四双手紧紧地握在一起。

略施爱情小伎俩

他们的爱情到了崩溃的边缘,她先提出的离婚,这么多年的忍让谦虚,对爱情是一种折磨。他们彼此太熟悉了,再多的语言也无法挽回濒临破碎的婚姻。

他已经知道了自己的过错,大男子主义盛行,偶尔会有些阴阳怪气的官腔,谁让以前在公司里是人见人爱的主管,谁让他长得明眸皓齿,貌若潘安。

但他一直深爱着她,毕竟是十来年携手走过来的,不看僧面看佛面,孩子是最好的媒介了。

但她决绝得要命:孩子我要了,当娘的永远比当爹的了解自己的孩子。

双方僵持着,离婚协议书,已经是第三次摆到了桌面上,前两次,男人均以优雅大度安全化解了,这一次,爱已是强弩之末。

突然间,手机响了起来,是女人的手机,电话那头,是物业打过来的:你家的车丢了,莫名其妙地消失了。

女人的心咯噔一下子,这辆车是他们婚姻的见证,也是他们经年累月努力的结果,在这辆车上,他们的爱情由无到有,正是这辆车,载着她去的医院,孩子安然出生。这辆车,是她的命,她与他协议离婚,她可以啥都不要,唯独孩子与这辆车,她自私地留了下来。

第一意识是报警，但男人却拦住了她，让她坐在家里等消息，自己则忙不迭地跑下楼。

男人一直在忙活，调看录像，却发现附近的视频不知何时已经坏掉了，打了相关电话，仍不知所踪。

傍晚前夕，竟然接到了一个无名电话，对方说知道车在哪儿？但前提是不准报警。

女人站了起来，收拾了行装，准备前去赴约，不是鱼死就是网破。

男人与女人一起出了家门，两人挤上一辆车，女人额头满是汗水，男人则不停地催促着出租车司机。

到了目的地，竟然是荒郊野外，车停在那儿，完好无损，人却不知去向。

幸亏有钥匙，男人与女人上了车，准备回家。半路上，车竟然抛了锚，车到底还是存在问题。

两个人在车上待了一宿，开始时不说话，后来，男人将女人的头挪了过来，搂住了她，女人轻微反抗着，后来服服帖帖。

这婚到底还是没有离成，车无缘无故地丢失，又失而复得，这段插曲，成了他们婚姻的转折点。

男人是彻底悔悟了，痛改前非；

女人也觉得自己有些决绝了，对男人的指指点点也换成了温柔似水。

这样一段濒临危机的婚姻，竟然因为一桩事故而转危为安。

又过了十年时间，女儿长大了，要出嫁，他们忙得不亦乐乎，张罗了好些天，等女儿走了，她心里十分空落，他则守着她，为她讲过去的故事。

他说：

有一次，女人要求与男人离婚，男人竟然拔了女人自行车的气门芯，女

人无奈之下,不得不给男人打电话求助;

还有一次,女人回了娘家,对男人不理不睬,男人竟然找到了女人的老同学帮忙,邀请她参加当晚他准备的宴会;

更有一次,女人心爱的车丢了,却是男人的朋友开走的。

她听着听着,突然间用拳头砸向了他。

略施爱情小伎俩,无伤大雅,却是一种福气、一种超然,一种驾驭生活的最佳组合,这样的爱情才是世间最会修行的爱情。

用余下的时光形同陌路

上午 10 点,康宁小区发生了煤气泄漏事件。我们医护人员赶到时,现场一片凄惨,一男子半裸着躺在地上,另外一个女子,中毒稍浅,她刚刚为男人穿上衣服,正在拼命地为自己穿衣。

我准备将他们安排在同一间病房内,常识告诉我:他们可能是夫妻。

那个男的一直昏迷着,女人从始至终都醒着,除了问我男人的病情外,她提出了一个要求:将他们的病房分开。

我诧异万分,刚想询问,她突然间跪了下来,眼神中满是哀怨:"求求您了,大姐。"

不过是举手之劳,我满足了她的微小心愿。

男人的状态不是很好,大脑中长时间缺氧,状态不稳定。

下午时分,一个女人带着孩子跑进了男人的病房,我才知道:他们不是夫妻。

定是偷情者自食其果罢了。我对她的好印象突然间烟消云散了,我最讨厌这种吃里爬外的男女。

那女子问丈夫的病情,并且打听出事的地点,我不知如何回答,只是装作不知情的样子,但我告诉她:"他的状况不好,可能会有后遗症。"

她痛苦万分："他是一个老师，上午说是要给人补课，没有想到，竟然遇到了煤气泄漏。"

那女子的丈夫也来了，一个弱不禁风的男人，跑前跑后。遇到我，大姐长大姐短的，还庆幸道："幸亏发现得早，不然就没命了。"

出事的小区，竟然是那女子的家，我猜想着种种过程：他们早就认识，男人以家教为名，进入了她的家中。

女人一直不发言，趁丈夫出去时，会跑到隔壁的病房前逡巡，有好几次，我发现她想推门而入，却欲行又止。她只能隔着玻璃门，认真地看病床上的他。此时的他，虽然已经清醒，但像个傻子。

女人通常会落泪，泪如雨下，旁边的丈夫，不知所措地劝慰。

每当我进来时，她总会投过来感激的目光，我不是个多事之人，因此，在人性的天平上，我选择了沉默是金。

那个下午，她出病房门，正好遇到了他在妻子的搀扶下出去，目光碰撞在一起，她刚想说话，他却转身离开了，他已经不认识她了。

我再来上班时，203病房已经空空如也，她出院了，听说去了老家云南，再也不会回来了。

我收到了她写给我的信：我欠他，是我打电话让他过去的，煤气泄漏也是我们的报应。我们已经犯下了不可饶恕的错误，如果秘密泄露，两个家庭就会瓦解，谢谢大姐的周全，我会用下辈子的时间当牛做马去感谢您。

也许，这样的选择是最好的结局了，牺牲了一方，至少保全了两家人的清誉。

但不管怎样,从偏离红尘的那一刻起,他们的爱就已经被时光与岁月击打得溃不成军,这样的结局,哪怕是再相逢,也只会用余下的时光形同陌路了。

给你一抹时光过尽千帆

从恋爱到结婚，双方均来不及思索，便一下子跌入幸福的爱河里不能自拔。

你甜我蜜的光阴里，看到的尽是对方的长处，缺点被雪藏了，但不消几日，厌烦后，她觉得自己一不小心定错了人生的坐标。

几乎所有男人的缺点他都有，他婚前会掩饰，将自己的缺点掩藏得尽滴水不漏。

扔破袜子，大男子主义，从不下厨房，只会坐在厅堂里等待饕餮盛宴的到来；

她喜欢旅游，而他不喜欢，他每日里将她锁定在家中，做一个"宅女"；

他心胸狭窄，自私自利，只会让她围着自己的圈子里转悠，从不给她应有的自由。

终于有一天，她摊了牌，就像熄了灯，阴了天，雨打断了芭蕉一样的简单。

无法再生活下去了，满身是伤的两个人，彼此不信任，这样的爱情，岂是人间浪漫？

他不同意离婚，她也思忖再三，决定与他分居，不然，双方的家长一定会为此事忧心忡忡、剑拔弩张，他们均不想将自己的不幸强加于他人。

她开始流浪生涯，离开了城市，将卡中的钱尽情挥洒：去了九寨沟，欣赏了人间奇景；到了青藏高原，与藏羚羊一起过了一个无拘无束的春节。

终于耗尽了资财，她被困于某山峦，饥肠辘辘，只能以野草与野味充饥，身体浮肿。

路过某酒店，好想大肆品尝一番，无奈囊中羞涩，她生平没几个好友，在这样的情况下，谁会心甘情愿地向自己的卡里打钱，她想到了他，但无法开口，几度拨通了电话，却无奈之下挂机。

卡中却平添了一万多元，她喜极而泣，不知道是谁打的，父母或者是亲朋好友，无论如何，她都要感激他们。

在启程回转的火车上，她竟然遇到了一个胜似潘安的男子，他是野外写生者，与她一见如故，二人爱好相同，相见恨晚。她中途变了卦，与他在甘肃待了好长时间，她曾经有几次，倾慕于他的才华，恨不得以身相许。

终于，在柴米油盐的失控中，他们开始矛盾交加，原来爱情如此禁不住纠缠，几粒米就可以将爱情打败，哪怕才华横溢也难以抵挡。

于某个清晨，阳光尚未苏醒，窗外残叶遍地，她想起了他，弱不禁风的他。她拨通了他的电话，一时无语，那边，一个激动万分的男人说道："卡里又给你打了钱，记得省着花。"

她笑了，这样一个会心疼自己的男人，用三年时间容忍了自己所有的风云变幻，他一直等着她，虽然隐忍不言，但家中的门一直为她而开。

她满身疲惫地回转小城，在车站，一大捧的玫瑰，男人恨不得让所有的市民都知道，他的真爱已经回归。

那个傍晚，他在厨房里展示自己的厨艺，而她无意中看到了他写的博文：

给你一抹时光，让你去外面看尽世间风情；

021

给你一抹时光，让你体会到孰是孰非，谁是你的真爱；

给你一抹时光，让你过尽千帆，皆不是，除却巫山，不是云。

她激动得热泪盈眶。

世上最温暖的拥抱

她小他 7 岁，认识时，相见恨晚，尽管父母投了反对票，亲朋好友纷纷弃权，但她毅然决然地嫁了他，她嫁他的理由十分荒唐：他胳膊长，我喜欢他抱着我睡。

在众人大跌眼镜之时，他们已经坠入到彼此精心设计的爱河里，不能自拔。作为局外人，再多的劝阻终归是过眼云烟，真正的幸福在于他们彼此的考量。

吵架不可避免，日子是圆的，不是方的，圆是因为方被岁月磕掉了棱角。

也曾摔坏了家中值钱的东西，更或者将他珍藏的艺术品撕个粉碎，她撒娇，要求他只疼她一人，而他是艺术大家，每天索要签名的美女如天上星、地上花，这样的过程，不管如何，她都是过分干涉，甚至有一次，她让他在众多粉丝面前丢了身份。

那个晚上，他打了她，而在打她的同时，他后悔莫及，而她则心生仇恨，因为，她掌握了他之所以可以声名鹊起的隐秘。

冰冷的床上，她一个人睡，睡觉时感觉四肢僵硬，她与他的拥抱，已经形成了惯势，没有了那个温暖博大的怀抱，她如何度过漫漫春秋？

初恋一直不务正业，他找到了她，双方一拍即合，他们准备将这个老家伙送上不归路。

终于真相大白于天下，原来这个艺术家当初是抄袭别人作品获的奖，一时间绯闻铺天盖地，从门庭若市到门可罗雀，从万贯家财到一贫如洗，人生有时候落差就是如此巨大。

她卷了他所有的钱，他一夜之间老态龙钟，最爱的妻子竟然席卷了一切，爱没了，钱没了，名声扫地。

她开始与初恋过锦衣玉食般的生活，她渴望初恋搂着她进入梦乡，可初恋的臂膀太窄了，她硌得慌，有时候甚至很想抽他几记耳光。

他开始住院了，身心俱疲地每日里只能在病床上挨过余下时光。

他没有起诉她，在他看来，爱没了，心不在了，再多的钱也无济于事。

初恋开始招蜂引蝶，他用万贯家财，博了另一个倾国倾城，挥金似土，她成了真正的孤芳自赏。

她想到了他，觉得对不起他，她开始拼命地将钱收归己有，她想帮助他渡过难关。

初恋心如蛇蝎，他断了她所有的财，将她于某个午夜扔在冰天雪地里。

她去了医院，看到了病床上读报的他，他的拥抱依然是那样有力。

有了她的悉心照顾，他的病情好转起来，他开始重整旗鼓，毕竟他功力深厚，在艺术界有着举足轻重的地位。

一次舞会，他们翩翩起舞，一个女记者兴趣盎然地为大家讲了一个定律：

男人的胳膊长度，与所爱女子的腰围长度，有适当的比例，而拥有最佳比例者，一定是全天下最幸福的伉俪。

当晚，在众星捧月之下，他们竟然当选为最佳伉俪。

每个夜晚，有了他的拥抱，她都可以沉沉睡去，而可以安稳入睡，她每日里总是神采奕奕。

一桌佳肴难以消化，一千丽服重如磐石，一身金饰冷若冰霜，只有世上最知心的臂膀，才可以营造出世上最温暖的拥抱。

每天下午5点的103路公交

　　他是我的朋友，以送报为生，送了近20年报纸，膝下一女早已经长大成人。他曾经有过一段缠绵悱恻的爱情故事，那时候，他是牛奶小生，而她是人见人爱的美人坯子，本来他们之间有着门第之隔，但她被家中逼婚，她不多想，便稀里糊涂地跳入了他一穷二白的战壕里，事后，她后悔了，生下一个女儿后便逃之夭夭，离家出走。

　　那时，女儿尚幼，他觉得自己无用，每天哭得厉害。他一个瘦弱的男子，无论如何也担不起照顾孩子的重任，有一次孩子得病，差点没救过来。

　　他天天打她的电话，寻遍了她的亲人，却音信全无。她本来就是外地人，在本市没有几个朋友。他甚至背着女儿，去了山区她的家。家徒四壁，她的病母在床上奄奄一息，他丢下了钱，步履蹒跚。

　　他本来心已死了，在别人的撮合下，准备重整爱的河山，但孩子两岁那年，一个电话让他重新燃起了希望。她竟然打来了电话，问候女儿，还说会在某天的下午5点，乘坐103路公交回家。

　　103路，是他们家小区的公交车，也是爱的终点站。

　　他找到了对方的电话位置，竟然在遥远的四川。"她一定是遇到了危险，一定是需要我的帮助"。他去了四川，那么大，历尽艰辛找到了山区的一座公用电话亭，电话是从那儿打来的。

盘桓了半个月时间，依然无果，只好无功而返。

自此，每天下午5时，他会放弃所有的工作，准时守候在103路公交站旁，一等，就是20年时间。

刮风下雨，从未迟到过，他等候一个小时后，便会回家做饭，他的女儿，会于晚上7时左右回到家中。

那天，他有事情抽不开身，给我来了电话，让我无论如何在下午5时到达103路公交站等候，我说："你疯了吧，她不会回来了，你早日死了心，再找个女人，不要耽误了自己。"

作为铁哥们，他第一次骂了我："是不是我兄弟，不去拉倒，我找旁人去。"

这是我头一次等人，婆娑的小雨，伤心满地，等待是一种无言的痛，让人无法释怀。

那个夜晚，我们喝得酩酊大醉，期间，女儿带回来她的男朋友。三个男人，搂在一起号啕大哭，他事后告诉女儿："这男孩子有个性，知道疼人。"

从此后，在下午5时，多了一个等候她的人，每天下午5点的103路公交，成了支撑他活下去的唯一动力。

其实，我好想告诉他事情的真相：他的那个她，于3年前就已经客死他乡了，她杨花水性地想淘一份终生的幸福，没有想到收到的却是一场被拐卖的骗局。

他有严重的心脏病，我与朋友们、他的女儿和女婿对他隐瞒了所有的真相。

也许，每天下午的等待会遥遥无期，再守也是无望，但至少他的心中藏着她的音容笑貌，时间永远定格在那个甜蜜的新婚夜晚，她亲了他，成了他的女人，他没齿难忘。

这已经够了，够满足了。所以，她无论做过任何对不起他的事情，他都会一一原谅，然后用一生的等待换取一份可望而不可即的爱。

红痘红

她是决意再不敢涉足爱情了。前尘往事悠悠，沉痛无比，不知不觉间，她在大好的年华里，竟然成了一个被人抛弃的二手女人，这样的女人，若想再寻回昔日的浪与漫来，谈何容易？

关了窗，闭了关，不再轻谈江湖风月，哪怕闺蜜们苦口婆心，对爱情早已经麻木的她，更不肯轻易再次吐露爱的芬芳。

某日，遇到了小她6岁的他，他大龄未婚，以前谈过，却从小喜欢姐弟式的爱情生活，这种恋爱观将自己的爱情逼上了悬崖后，从此再无人问津他的爱与不爱。

二人一见如故，而他却完美得让她退缩：一米八的大个子，绩优股，潇洒风流，洒脱不羁，举手投足绝对是人中极品，再加上没有结过婚，这样的男人，"砸"在女人堆中，绝对可以一人惊起千层浪，上演一场后宫大战。

他们走得太近了，彼此闻到了呼吸，他的完美与进攻让她退缩，她向他倾诉了自己所有的不幸与过往，包括自己以前遭遇的家庭暴力。他不信，她愤怒之下脱了自己的上衣，满身的伤痕。这样的情景，足可以让所有的男人裹足不前。

她以为他会退出自己的江湖，自己将会一个人走完后世的风雨。

而他却没有，攻势加强。闺蜜们说你够幸福了，何必固执，而她的心中似有所动，但又有所不动，思来想去，还是决定退隐，关了手机，一心上班。晚上，便在网上虚度光阴。

　　世上的男女爱情，大多是骗人的，不值得推敲与磨砺，便会烟消云散。

　　他拼命地找她，喝醉了酒，鬼话连篇，说他们的爱情是早已经准备好的，不可逃避；许多年前，他们彼此都准备好了迎接对方的到来。

　　闺蜜们不肯告诉他她的新住址，男人着了急，在电视上登了寻人启事，在报纸上登了寻亲广告，就好像丢了自己心爱的宝贝一样，他痛苦万分。

　　再见他时，她大吃一惊，一脸的红痘，丑陋至极，形若枯槁。通宵熬夜，加上思绪万千，导致他急火攻心。

　　这是怎样的场景呀，她拖着他来医院，他却跪了下来向她求婚，她迟疑不决，最后，暗下决心，再给彼此半年时间，半年一过，是风雨交加，还是晴空万里，便可以来个彻底了断。

　　双方依然来往过密，那些可爱的红痘痘，一直在她的眼前闪烁着，有时候让她心里有些许的平衡感，如果他完美无瑕，她早已经失去了万丈雄心。原来平衡也是决定双方能否施爱的重要理由，所谓门当户对，是爱的外因，有时候却可以决定前尘后世。

　　本来摇摆不定之时，一个秘密让她彻底委下身来，决心将自己的后半世托付于他。

　　那些可爱的小红痘，竟然是他自己的杰作，他弄了颜料，每天早上辛苦地点缀，目的就是为了打消她的顾虑，他不是完人，他是需要女人疼的天使，是食尽人间烟火的大男孩罢了。

　　两年时间，一个"一手"男人，征服了一个饱经沧桑的"二手"女人，不敢说天长地久，但爱情中的确需要一些小计谋，无伤大雅，却可以让对方臣服，就像那些可爱的红豆，象征着爱情，更像那些可爱的"红痘"，表达着理解与虔诚。

谁说世间没有让人艳羡的爱情？

生命比爱更重要

他们相遇在一次同城笔会上，他为她的纯情所吸引，她亦为他的翩翩风度所折服，刹那间，他们成了彼此眼中的"绩优股"。从未有过的电光火石袭击了脑海，欲罢不能，恨不得这样的会议一直持续，永远不要偃旗息鼓。

两天的会议，却如同两年，两人成了形影不离的知己，无话不谈。为什么都在同城，才发现彼此的好与真？如果早相识几年，可能现在的境况早已经大相径庭了。

想起家中的他，她感到苍天弄人，从来不懂得浪漫的那种人，不会嘘寒问暖，不会说世间最动听的情话，老实巴交是他的代名词。

眼前的他，万种风情，脱胎换骨的男人。

他有同感，妻子柔弱多病，为了生孩子，差点一命呜呼，落下永远的病根。这样的状况，他根本无法获得自己想要的雪月风花。

两人都感觉自己的现状堪忧，因此，将自己的家事、爱事和盘托出，说到痛处，禁不住相抱而泣，拥抱是亲吻的前兆，嘴唇无所顾忌地叠加在一起。

两人惺惺相惜，从此后虽然一个在东城，一个在西郊，但依然乐此不疲地周旋着。逢下早班，电话、眼神、觥筹交错，恨不得结为露水姻缘。

他们都曾背着家人偷偷地幽会，躲在某个咖啡厅里，畅谈人生的快事。

但二人不敢越雷池半步，也许，他们都在等待一个良好的契机，他们不可能为了自私的感情，无缘无故地破坏两个原本完美的家庭。

她却突然消失了，不折不扣的那种蒸发，电话关机，家里唱了空城计，家门上更是贴了白纸，难道……

他以为是她在逃避他，越是如此，越是心焦难受，辗转了好长时间，终于下定决心去找她。

找了好长时间，终于辗转找到了她，一脸憔悴的模样，仿佛老了十年。推开了空空如也的家门，他头一次进了她的家，家徒四壁，值钱的家当早已经被搬挪一空。

她老公出了车祸，撒手人寰，生前欠了巨债，后事尚未料理，要债人便蜂拥而来，堵了家门，将她逼入了绝境，差点从窗户跳下去；她本就没有几个朋友，现在出了事情，仅有的几个朋友躲得远远的，生怕自己的霉运会伤害到他们；赔偿的事情毫无着落，她一个弱女子，如何禁得住这突如其来的风风雨雨？

他发了疯似地抓住她的胳膊，她感到生痛，却没有反抗。

他带她到事故科，到医院，到保险公司，万般无奈之下，他与自己的律师同学电话沟通，他停了业，扔了家，拼了命般地将全部心血倾注在她的身上。

她感动得热泪盈眶，一股莫名其妙的情愫袭上全身——他原来说过的醉话：会离了婚，娶了她。这是怎样的一种浪漫福气呀！

由于赔偿没有着落，不得不诉诸公堂，他为她请了律师，他的一个要好的同学。律师的眼神怪怪的，除了怜悯外，还有一丝疑惑，而他依然故我地与她交谈，将她的所有不幸统统摆在桌面上，由不得人不可怜。

打了两场官司，她几乎要崩溃了，他成了她的擎天柱。每逢她快要撑不住时，他准会准时出现，或者用电话交谈的方式为她的痛苦找一个流淌的出口。

半年时间，赔偿下来了，她还清了老公生前欠下的债务，然后准备向他表白。她下定决心，愿意用半辈子的光阴补偿他，如果不是他，自己的人生路程恐怕早已经画上了句号。

一杯薄酒，两人相向而坐，男人先开口：

"我进你家时，发现窗户开着，窗框上拴着一根绳子，我知道你做了怎样的苦命纠结，我如果不那样做，你恐怕早已经轻生了。通过这件事情，我更加明白了，爱一个人，要用心，而不是表面的浮光掠影。生命永远比爱更重要。"

原来，他所做的一切，早已经告诉了自己的妻子，而他的病妻，坚信他不会做出过格的事情，同情于她的遭遇。

那个男人说完，门铃响了，他病弱的妻子、健康活泼的儿子，来接他回家，目光交汇处，满是祝福与幸福。

她突然间感动得泪流满面，这样一个让自己动了心的男人，终归以这样一种浪漫的方式帮扶了自己，也以这样一则贴切的故事阻挡了她的万丈雄心——生命比爱更重要。

原谅我无法陪你到地老天荒

一切缘于那场有失优雅的尴尬。

他是她的客户,她去拜访他,当时,她经营着一家健身器材店,而他恰恰是一家公司的采购经理,由于质量隐患,她不得不过来向人家解释,期间双方剑拔弩张,气氛惨烈,她一度感觉天旋地转,有些无法自已,可能是身体差的缘故。

她为了消除尴尬,起身去洗手间补妆,但在回来时,白裙子上一片片湮红。她不知所措地坐在原来的座位上,脸色绯红,接下来,谈什么,她早忘却了,只剩下一副窘迫延伸到了下班时间。

他起先一脸嚣张,觉得这个女子不可一世,缺少职业操守,任凭他如何发火,她就是心猿意马地坐在对面的座位上发呆。

他起身时,发现了她的难堪,他本来是想回家的,办公室里的人早已经走光了,只剩下这样一个不速之客。他一时间也慌了手脚,手中握着电话,手足无措地摩挲着;她感到手脚冰凉,现在,也许只有他可以帮助她。

他终于开了口:"你穿多大型号的衣服?"

她犹豫着回答了他,而他则风风火火地跑下楼去。

15分钟后,他抱着一大堆衣服上了楼,将衣服轻放在桌上,他示意她可以换衣服了，而他则退避三舍。

她打开来，有两件内衣，还有与型号相符的裤子，和两条蕾丝内裤。这样一个心细如丝的男人，在如此短的时间内竟然精准地找到了适合她尺码的内衣，她感动得热泪盈眶。想起自己捉襟见肘的爱情，她一时间竟然有了一种莫可名状的感情。

那天之后，她竟然爱上了他，这个发现她尴尬的男人，在最危难的状态下帮助了自己，如何不能以身相许？

而他，竟然是有家室的人，妻子温柔贤惠，属相夫教子的那种人。她有些失落，但依然故我地等着他，在他上班的时候，会出现在他的办公室里，送给他早餐、礼物，包括男人们爱抽的香烟。

她认定了他，因为属于女人的秘密，在他的面前早已经一览无余，有时候，尊严与爱情同等重要。

终于，在某个黄昏时分，她冲进了他的办公室里，当时，他正想下班回家，家里，妻子早做好了饭，等着他的回归。

而她，向他倾诉了自己的爱，不可抑制，她哭闹，威胁，包括以死相搏。

他未置可否，她梦想成真，爱呈现焦灼的姿态。

另一个傍晚时分，她刚想进他办公室的大门，隔着玻璃窗，竟然发现他的女同事，坐在他的办公桌上，二人如胶似漆、甜蜜无比。

虚伪的男人。她破门而入，发了疯似地骂着他，这样始乱终弃的男人，值得自己托付终身吗？一气之下，她夺门而出，离开了这个伤心的小城。

爱一旦变成了恨，便成了一种破罐破摔的力量。她写信给他的妻子，栽脏他所有的丑事——自己得不到的，别人也休想占为己有。

她一怒之下，盘了小店，然后回转家园。无数人踢破了门槛相亲，她均一一拒之，她对他依然心中有念，她这样想着：等他们离婚了，自己再乘虚而入，他是一个让她一辈子难以割舍的男人。

再见他们时，已经是半年之后了，她辗转到小城探亲，其实只是一个借口而已，她早已按捺不住内心深处的渴望。在百货大楼前，竟然看到了他们，一家三口，孩子可爱，妻子玲珑，而他依然款款深情。

他的妻子与她郑重地握手，她想看到的分崩离析的场面，并没有出现。

那个傍晚，她知道了他的所有秘密：

那段办公室内的情人双簧，是他与妻子、同事一手导演的结果，他无法给她爱情，所以用一种别致的方式让她心碎，直至彻底绝望。这也是一种台阶——不爱的台阶，让她无所留恋地忘了他。

任凭她后来无所顾忌地破坏，他相信：她迟早会忘了自己，而自己的爱情，依然会圆满如初，因为家中的妻子一直是自己的出谋划策者，因为，他是一个值得妻子用心爱的男人，他的困惑，她一定全力以赴。

"原谅我无法陪你到地老天荒，祝你早日找到自己的如花美眷。"这是男人送给她的祝福。她突然间泪流满面。

等一个男孩成长为男人

她大他6岁，其实秉承着"女大三，抱金砖"的传统理念，大6岁，不是可以抱两块金砖吗？他24岁青春年少时，她已经步入而立之年，皱纹早早地爬上了一个女人的额头。

她将此当成了自己致命的弱点，拼命地施妆抹粉，每天执着地让自己快乐。他在外面打拼，她便在家中收拾家务，里里外外一尘不染，他穿的衣服也熨烫得妥帖有致、有条不紊。

男孩子终于有一天感觉到了自己与心爱的她竟然有了代沟，说出来可笑至极，但却是事实。虽然她爱他，像个大姐似地照顾他，将自己全部的爱送给了自己，但这种爱时间久了，便让人生分、郁闷、不可爱。在公众场合，他是决然不会带她出来的，她老气横秋，怎么看都像他的姐姐，而他年轻有为，是一家公司的销售经理，身后美女如云，他有些后悔自己的选择，同时觉得苍天弄人。

城市的离婚风潮袭来，几个同事不约而同地选择了离婚，仿佛离婚成了一种时尚，如果你不敢离，不会离，便落伍了。

他按捺已久的心终于在26岁那年付诸实施了，一个妖娆的女子接近了他，说尽了男人们喜欢听的软言蜜语与世间芳华。她小他6岁，白皙的胳膊可以掐出水来，与家中的半老徐娘不能相提并论。

他开始少回家，甚至到了后来，干脆找各种借口不回家。

女人早已经感觉到了风吹草动，有些好友们提供了许多证据，说他出入某种门庭，左拥右抱的样子，她却不哭也不闹，朋友劝她：他是你的，你该争回来，总不会以为自己真的老了吧？

她却依然故我，认真地收拾家务，让心灵与家中不落纤尘是她的重任。

半年时间，他几乎没有回过家，而她则每日里出入健身场所，拼命地锻炼身体，让婚前的小蛮腰现出原形，让俊俏的脸庞重新自信地如一朵花一样绽放在世人面前。

公司举行酒会，销售经理自然是会议的主角。不请自来，一个艳而不妖的女人出现在大家面前，她头一次到他们公司，以前不敢来，怕沦落成笑柄，现在居然自信地来了，来了便成为一朵花，成熟的花，让人艳羡，仪态万千，庄重优雅，一看就是那种有文化修养的女人。

"小妖精"的眼神闪烁着一种不安，挽着他的手臂，倏然松开。

他站在原处，不知所措，而她则上前与他拥抱，公司老总擦着眼睛吼着：小子，你居然有这样一个体贴的女子。

她用自己的成熟征服了在场的所有人，利用半年时间，她将舞技练到炉火纯青的地步，与老总一段舞蹈完毕，掌声雷动，所有已婚和未婚的男人，眼睛闪着"狼"一样的青光。

一段插曲，她收拾了他的心，他臣服地酒会后与她回家，她第一次在他的面前开车，刚考过的驾驶证。他像个做了错事的孩子，一路上不敢高声大语，他不知道该如何讲述自己的不堪过往。

没有埋怨，回家后她便收拾了妆容，恢复了原来的主妇模样，几盘小菜，一杯红酒洗尽铅尘。

他本来计划好的，会在某个不经意的时刻提出离婚，但现在，他被她的才气征服了，老总的话仍在耳侧徘徊：好好珍惜你眼前的女人吧。

女人睡着了，他上网聊天，向网友们倾诉自己莫可名状的心情，竟然看到了桌面上女人的博客，女人的博客每天都在更新，从半年前开始记录：

他还小，给一个男孩成长为男人的时间吧，从不懂事到知道心疼人，是一段漫长的旅程。

他24岁那年，我们结的婚，半年后的一天，他便心仪了一个女孩子，而那女子只不过看中了他的钱财，他丢了三个月的工资，我宽慰他：钱乃身外之物；

25岁那年，他略有成熟，但在感情上仍然不谙世事，一个女同事爱上了他，而对方的家庭却不同意，因为他是有妇之夫，他喝醉了酒，将所有的心事和盘托出，我不敢埋怨他，我只是认真地爱他，用自己的爱抚平他所有的不快；

26岁时，他过生日，我准备了一个特大的蛋糕，他没有回来，一个朋友发现了他的行踪，一只"小狐狸"，缠着他。他其实更不会知道，她只是想利用他帮助她升迁而已，他更不会知道，公司老总已经开始调查这起交易背后的问题。我背着他去了公司，向老总保证他是一个优秀的男人。

他突然间泪如雨下，自己做过的所有蠢事，她早已经知晓，只是她给足他成长的空间与时间，她在认真地等待着一个男孩变成一个优秀的顶天立地的男人。

有时候，在爱的旅程上，我们都需要等待、原谅，再等待和再原谅。

留一段时间吧，等一个男孩成长为男人，等一份爱情成长为知心爱人。

最美的月，引来最好的吴刚

男人倾尽了心思，仍然无法得到妻子的原谅，他没有想到，一次再简单不过的远行，与同事一张没有任何剧情的合照，竟然被她琢磨成放大镜。

她对他好，这是他最明白不过的事情，爱到了一定境界后，便会由爱生恨。这桩照片事件，成了他们不爱的导火索，猜忌，以前的所有与爱有关的功劳统统抹杀掉，只剩下眼泪与空守。

女人回了娘家，男人请了世间最好的说客前去游说，毕竟在他的心中，她仍然是他的最爱。

好说歹说，事情眼瞅着要终结，终于接了他的电话，但要求他继续解释清楚与她的关系。

男人费尽口舌，最后煞费苦心地请了那女孩子与自己一块儿负荆请罪。效果很好，女人妥协了，抹干了眼泪，答应与男人一起回家继续守候人间烟火。

晚饭时分，竟然翻了脸，女人道：我上当了，你竟然将她领到我的面前，是威胁吗？是威胁利诱吗？什么意思？

男人云里雾里，没有想到自己一丝一毫的行为，都被她无情地否决掉，再者，上午与下午，她简直判若两人，难不成他们的爱果真到了崩溃的边缘？她果真得了病？

女人重新回了娘家，男人坐在电脑前面，一个劲地发呆。

她的QQ竟然没有关？呼叫声传来，男人无意中翻开了她的QQ。

对方一个老女人形象，正在为她出谋划策：你呀，太傻了，我说怎么着？我越想越不对劲，作为闺蜜，我得提醒你，你危险了，他正在谋划将你换掉，今天人家已经登门了。

子虚乌有的事情，男人火冒三丈，翻看了他们谈话的所有内容，才知道决定妻子脾气的因素竟然来自于互联网，竟然是她闺蜜的分析研究。本来不可能的事情，两个女人坐在一起，便给分析成了风花雪月、无边无际的暧昧。

男人借着怒气，在网上着实骂了对方一番，那女人好半天才知道是他，他们对骂起来，最后，摔了键盘，男人疯狂地给妻子打电话解释，但女人的电话却关了机。

第二天上午，男人的手机响了，竟然是妻子打来的。他喜出望外地接听，她却在话筒中怒吼道：你算什么男人？对我的好友发什么脾气。

电话摔了，无尽的怅惘。

本来好好的爱情，却因为不合逻辑的分析、研究，被摧残成一朵不合时宜的玫瑰花。

僵持了一周时间，还是女人觉得于心不忍，偷偷回了家，二人坐在一起，认真地交谈，女人才知道利害关系，一场错误的与邻为友，差点葬送她的爱情。

你如果吸了被污染的空气，你的肺部就会膨胀，积少成多，直到病入膏肓。

与你为伍的人品质如玉、劝慰如药，你一定可以善解人意、洁身自好。

月如玉，景色宜人，桂花飘香。

最美的月，引来最好的吴刚。

发如墨

世间最美的风景，莫过于有一头乌黑如墨的头发。发要细，柔，轻盈如风，跳跃如雨，调皮如电。发如墨的女子，一定是世间最温柔的女子，她一定拥有世间最柔和温暖的爱情。

发，是人体中最柔软的部分，但却不算是最令人揪心疼痛的元素。发，连着肤，却与神经无根本性关联，一根头发，区区毫毛，掉在地上，如纤尘，不引人注意。所以说，一根发算不得长久，而一头发，才会引人注目，要的就是这种团结的力量。

小时候，头发稀黄，便期望得到一掬如墨的卷发，甚至成了少年的半个梦想。做的最出格的事情，莫过于在人前邀功显宠了。为了得到一回夸奖，半瓶墨水，不稀释，一股脑儿，趁着无人注意，毛笔轻挑帘笼，如烟的细雨袭击了长发，我花了两个小时收拾"黑发"，又花了两个小时的时光收拾自己乌黑的脸蛋，好不容易收拾停当了，等着风将头发吹干。出了门，拐了弯，信誓旦旦，自以为是地以为自己成了小街最令人艳羡的风景。

听起来虽然令人恼火，但爱美之心，溢于言表，谁不愿意自己长得羞花闭月？没有一个好的脸庞，尚可原谅，如果又失去了嫩草一样细美的发丝，便煞了景，凉了心，情何以堪。

于是，我的枕头上，风景如画，我的课本上乌七八糟，在一堂必修课上，汗水与泪水交织在一起，凝固成一道泼墨山水画。一转眼，便是十年光阴。

才知道头发也需要保养，才知道长发可以掩饰内心的惶恐，长发可以带来爱情。

头发保养的方法有许多，如今，最推崇的莫过于梳头了。幼时，担心头发掉得多，不忍心轻摇梳子。现在大家则说：持之以恒地认真梳头，可以促进血液循环，滋生更多优质的头发。于是，每天梳头发，缓慢，不惆怅，梳头也需要一颗平淡的心，你别指望一日两日就会收获颇丰，这是一种坚持，也是一种释放，就像爱情，一天不可能见得真心，一辈子的爱才是最凄美壮丽的人生佳境。

发可以绾，更要结，而最优雅的莫过于盘了。我本家的一个姑姑，是盘着发嫁出去的，据说这样可以带来爱的好运，果然如此，疼她的是个小她三岁的男人，一生最割舍不下的就是她，大半辈子光阴荏苒而过，依然疼爱如初。这是一个有关于头发的最佳案例，因此，我从小便认为发像伞，如树，罩着的是你的幸与财、福与乐。

"宿昔不梳头，丝发被两肩，婉伸郎膝上，何处不可怜。"

这样的诗句，配上发的香、柔，最让人心动不已，放下心事，柔软无骨般地生存，世间的生活莫过于此。

最怕发如雪，因为爱恐怕早已失去，老可能已经降临，任凭你多少染发剂也换不回青春年少！我最怕一个人孤守一份寂寥岁月。

于是，趁着发如墨的时候，好好爱吧！

于一个雨天,在江南某处,擎着俏丽的发,打马走过人生的一隅,就这样吧,好好珍爱自己的一颦一笑,一嗔一闹。

发如墨,爱若月,情似雪。

妻子的两手准备

几乎整个周末,他都在为辞职的事情着急,凭自己的能力与才学,无论如何他都可以当上主管,但他内向、木讷,不敢向上级吐露自己的心声。长久以来,他一直默默无闻地工作在上司的阴影下,但这一次,公司公开招聘主管,他跃跃欲试,但信心不足,他一直没有敢推开总经理办公室的大门。

他坐公交车回家,后来干脆这样想:自己的工作已经不错了,生活也算丰衣足食,知足常乐也好。他是在为自己的不自信找一个出口罢了。

回到家时,妻子与孩子们不在家,妻子下午与自己发了短信,她带孩子们去了乡下避暑,这更加剧了他的忧心忡忡。他喝了啤酒,微醺时,突然发现了酒柜前放着一张纸条,妻子的手笔:相信自己,亲爱的,恋爱时,我就知道,你一定可以飞黄腾达的。

床柜前,是孩子们的留言:爸爸,妈妈说你是全中国最优秀的爸爸,我们拭目以待哟!

他的心情竟然明媚起来,原来一个人失落的时候,最缺少的竟然是鼓励与阳光。

电话铃声响了起来,是自己的好友老马打来的,老马在电话中竟然告诉他与上司谈判的要诀,简直是天助我也。他信心满满地与老马畅谈了自己的经历，老马告诉他：振作点，你一定可以的。

周一一早，他忐忑不安地推开了总经理办公室的大门，出奇地顺畅，出口成章的创意，指点江山地指出公司存在的弊病，总经理才知道公司内部竟然雪藏了这样一位奇才，当天下午，他被命名为主管。他的心简直飞了起来。

回转家中，少不了与妻子煲电话粥，少不了约老马小酌一番，他的事业如火如荼、顺风顺水起来。

半年时间，节节攀升，业绩卓著，他竟然成了公司的副总经理。

一个打扮妖娆的女子，应聘到他的身边当秘书，他春心荡漾起来，一时间竟然云里雾里，无法左右自己的心态，想起家中的糟糠之妻早已如风干的萝卜，哪有秘书的国色天香，他心猿意马地不回家，直至与妻子的婚姻到了崩溃的边缘。

他下定决心与妻子摊牌，家中的财产拿出2/3给她，只要她同意离婚，这是他答应小秘的铮铮诺言。

恰在此时，公司审计部门开始调查他的腐败问题，他诚惶诚恐地回到家中，纸条重新出现了，全是鼓励他的话，相信他的清白等等。

他的心七上八下的，他做好了准备，带着自己的所有财产与女秘书一起去美国享受，翻找自己的衣服，一张张纸条竟然从箱子深处翻了出来，一张纸条上这样写道：升不了职也没关系，老公，一家人团团圆圆，才是最大的幸福，下次还有机会。上面的日期显示，这张纸条是自己升职前妻子写的。

还有一张纸条，赫然留着今天的日期：老公，如果你真有经济问题，向组织坦白了就好，我与孩子们会一辈子守着你。

知他、疼他的妻子，一直为他的前程做了两手精心的准备，她不仅留了纸条，还与他要好的朋友老马相约鼓励他。两种截然不同的劝慰方式，好言好语永远放在最阳光最显眼的地方,在他沉沦时,纸条是爱,是信心,是力量,而他却蒙在鼓里,身在福中不知福。

他拨通了两个电话,一个是给女秘书的:我们分手吧。

另一个打给了妻子:老婆,我爱你。

用脚弹出的吉他曲

一位年近半百的妇人，佝偻着身躯，执着地坐在琴师面前，琴师与众位学员无奈至极的目光锁定着她的憔悴不堪。

她没有手，却报名参加了吉他培训班。琴师是个年轻的大男孩，他不好意思直接拒绝妇人，但言辞与行动却一直在逃避与退缩。

妇人并不气馁，一把吉他，左脚扣住吉他的上方，右脚扣住弦，几声乐曲响过耳畔，妇人咧着嘴笑，一脸的病态映衬着她的风华不再，年华已逝。

没有人敢去了解她的故事，或许她生活不济，为了生存，或者是她想在年迈时寻求新鲜的精神支撑，但无论如何，她的弱势代表着一种隔膜。

大男孩在稍稍教了她一些要领后，便躲在另一个学员的背后注视着她的欣喜若狂。

她连着交了两期的学习费用。用脚弹出的乐曲，不自然，不融洽，不和谐，乐曲连不成一体，她学习了基本频调后，便从怀中掏出一本破损的记录本来，上面记满了乐谱，难看的符号，七拼八凑在一块儿。大男孩接过来看时，发现竟然是一首叫"春夜"的乐曲：能够看得出来，时间久远，但曲子却十分耐听；大男孩试着根据乐谱找了一下感觉，妇人的眼睛马上便明媚起来。

一首曲子，她学习了半年时间，仍然断断续续，倒不是她笨，而是她的脚被磨破了，鲜血淋漓的。

妇人的表现令大男孩十分不满意，开始时忍着，但妇人实在煞了这儿的风景，影响了其他学员的良好心情。因此，在一个午后，大男孩终于爆发出来，妇人认真地听着，像大海在倾听狂风的怒号，眼眶里尽是泪水，却用一种成熟隐忍下来。

妇人再也没有来过，大男孩过意不去，手里攥着该退还的学费到处寻找，终于在街角的公园里发现了她。

她坐在板凳上面，残曲依然。

她的身旁坐着一名年近花甲的男人，不停地瞅着周围的人群发笑，时而会摇晃着脑袋，让人不敢靠近。

乐曲响了起来，像一只猫踱着方步兴趣盎然地步入一间房子。男人的精神顿时紧张起来，不停地用目光搜索着，眼中闪现出生命的光彩。

乐曲忽然停止了，妇人的脚不小心将吉他的弦碰断了，她着急地跺着脚，看着男人发呆，她招呼他，他却旁若无人地继续低下头去，进入痴呆的境界里不可自拔。

大男孩的心动了一下，妇人发现了他，像抓住了救星一样招呼着："老师，帮助俺接好弦，他爱听这曲子。"

大男孩飞快地上前，将弦定好，妇人重新开始了《春夜》的演奏，每一段音符响起，男人便会闻曲而动，大男孩指导着妇人，将整首曲子完完整整地演奏出来，男人终于从神秘世界中走了出来，生涩地呢喃着："老伴儿，你好呀？我终于又认出你了。"

妇人站起身来，将男人搂在怀里，心疼地嘘寒问暖着。

"我们回家吧，这是你年轻时候谱的曲子，我学会了，以后天天给你弹。家里女儿煮了饺子，煲了汤呀！"妇人兴奋地说道。

大男孩的眼角湿润了，他捧着吉他，在前方引路，两位老人，说说笑笑地回了温暖的家园。

以后的每个傍晚，大家都会看到一个妇人用脚在弹着心爱的吉他，一位老男人，像个孩子似的坐在她的旁边。

远处的夕阳下，有十几个翩翩少年，他们每人手中拿着一把吉他，演奏的乐曲名字叫作"春夜"。

幸福与我们相向而坐

女人爱上男人时，他正处于一贫如洗的境地，没有任何理由，如果要找的话，可能就是他阳光般的脸庞和明媚的笑吸引了自己的爱情，终于，一发不可收拾，她把自己毫无保留地给了他。

那时，他们最浪漫的时刻也许就是下班时，他用自行车载着她，偶尔会有一两滴雨洒在他们的身上，或者会有谁家的汽车冒着烟从他们面前经过，荡得他们一身的尘土。男人对女人说：再等几年，我一定让你坐上豪华的汽车。

这种穷酸的生活没少让他们生气，不是柴少了，就是油盐酱醋出了问题，总而言之，家中除了少钱外，好像什么也不少。

男人把自己的贫困终结在一次大型的招聘会上，男人凭自己的才干一举吸引了在场所有考试官的眼球，他以本市第一的成绩成功地晋升为一家大型公司的副总经理，那夜，男人拥着女人在酒吧里不停地唱歌，他告诉她：他喜欢这种歌舞升平的日子。

接下来的几年里，男人的命运如日中天，他以自己高智商的才能在管理上呼风唤雨，他不仅赢得了公司老总的信任，而且还在董事会上一语惊人地道出企业发展的下一步宏伟计划，就这样，在总经理告老还乡时，他自然而然地成了总经理。

他常常忙到深夜不回家，他也许形成了不爱回家的习惯，他更或者已经忘了她在灯下急等的身影。

在一个满天星斗的夜晚，他一个人忙累了，信步走到天井看天，突然有个词从自己的眼前闪过：幸福，他曾经拥有过幸福吗？这是无数人在自己有限的生命里都在探寻的一个词，许多人用了一生都无法企及，他摇摇头，觉得那是太遥远的奢望。

又一个零点伴着钟声走来了，他伸了伸腰，望着窗外出神，他突然产生了一种强烈的愿望，他要回家，这也许是一种本能的向往，他不顾一切地开了车行驶在回家的路上。

就在要拐弯时，子夜的街道上，他突然看到了10年前的一幕：一个男人正满头大汗地骑着一辆破旧的自行车，一个女人正坐在他的车后，她正伸出手为他擦拭额头上的汗珠，这一幕，如此深情，似曾相识，却又是如此遥远，男人忽然产生了一种想法：真想用自己的奥迪换人家的自行车。

回到家时，妻子正坐在沙发上打毛衣，看到他回来了，她急忙站起身来，为他倒水，也许他不知道，无数个夜晚，女人正是用自己的静坐在打发寂寞的年华和时光。

女人又坐在沙发上，手指来回翻腾着，她正在为他打过冬的毛衣，也许他每年都是穿了她织的毛衣才能够不怕寒冷的冬天。

他走到她的身边，眼眶里溢满了泪水：亲爱的，对不起，我早该回家了。女人怔了一下，继而报以他一个甜蜜的微笑：亲爱的，你忙，要注意身体的。

那一晚，男人又找到了失散多年的幸福，女人的微笑，包容了他所有的自私和愧疚。

　　幸福与我们相向而坐，已经许多年了，只是我们世俗的眼睛染满了功利的灰尘。

每天1小时的唇齿相依

老头子面目狰狞，老妇人面露不屑，双方形成一致对外的局面。面前的小摊贩一脸赧色，对他们夫妻俩的表现无可奈何。

只为一元钱的菜价，双方剑拔弩张，形成一种对峙的场面。

这是再平常不过的菜市场了，中国有无数个这样的菜市场，半斤八两，你来我往，唇枪舌剑，这儿也是一场战争，但像他们夫妻这样的买菜者，实属罕见。每天都准时相伴上午9时左右出门，老太太口齿不太伶俐，许是老来有病的缘故，老头子倒是精明得很，但在砍价时，总是将分量最足的戏份留给不太会说话的老妇人。

本来一桩平淡无奇的买卖，总会惹得人哈哈大笑，但在疏忽间，却突然地形成一种尴尬的局面。

"1斤2块5，不能再让了。"小贩将目光移向别处，似乎对他们夫妻每天的光顾表示反感。

老头子使了个眼色给妇人，妇人的脸上立马有了红晕，但开口时却十分吃力，好半天工夫开口道："2元。"

这简直是一场无关痛痒的讨价还价，差得太远，离谱，简直是无事生非。

老头子并不气馁，将轮椅转向另外一家，好像在闲庭倍步，直到买到适价的菜。

老头子是个配角，老妇人才是主角，不到她点头的时候，总共2元的菜钱老头子也不敢埋单。在这个街角，他们终于如愿以偿地买到了理想的西红柿、芹菜，老头子教老妇人说道："西红柿有营养，芹菜降血压。"故意发音不太准，老妇人忍不住嗔怪着，老头子赶紧承认错误，插科打诨般将轮椅摇向了地平线。

一个小时的时间，每天如此，老头子与老妇人的爱情故事像奇迹一样延伸到远方。

老妇人晚年有病，但性格要强，口齿不清，眼看着生命垂危，老头子每天推着她在外面游玩，但她依然沮丧。在菜市场买菜时，她竟然精神抖擞起来，年轻的时候，她是个喜欢聊天的人，尤其对砍价情有独钟，老头子闻喜，每天带着她来买菜，而那些小贩们，也与他们形成了一种默契。

无须刻意交代，每个人的心中都有一杆属于爱的秤，谁不渴望唇齿相依的爱情？

每天一小时的爱，将老妇人的寿命拉长到远方，远方有多远？唯有爱知道。

一对将要离婚的人，在居中调停者的努力下，答应每天坚持相守一个小时，这是对爱的最后一次努力。

他们在以往的岁月里，争吵不断，爱是选修课，不爱才是必修课，在一起时都是例行公事般的缠绵，没有多少语言，更没有多少表达，积重难返，爱情告急。

每天一小时时间，坚守了半个月后，奇迹竟然出现了，两个无爱可言却生活在一起十年之久的夫妻，承诺用下半辈子时间好好相爱。

每天一个小时的唇齿相依，再简单不过的动作与安排，但我们现代人却毫不顾惜地将这些时间丢给了风与梦，送给了情人或者是鸡零狗碎。真正的爱在家中，真正爱你的人，一直希望着与你幸福厮守、相伴一生。

送给最爱的人一些时间吧，每天一小时时间，好好地说话，好好地交谈，让恨走开，让爱留下来，让所有的不快烟消云散。

第二辑

摇曳红尘中的似水流年

原来，我曾在同一瞬间，成为另一个人的画中人，我想了想，终于接受了他的爱。因为，我知道，爱一个人是多么辛苦的事情，不是简单地将一个人的素描画出来或者藏在内心里，这需要时光和流年的考验。

最后一封情书

初恋时，男人喜欢送她情书，不是用复印纸打出来的那种，全部是钢笔一笔一画地写在稿纸上，然后通过邮局秘密地邮给她。

她每天最兴奋的事情就是读他写来的飞鸿，在那些看似平淡的语言里，流露着他火热的深情，那时，她觉得幸福极了，她将它们全部深深地锁在心海的最深处，等将来有一天老了，拿出来和他慢慢分享。

哪首歌唱的，最浪漫的事，就是和他一起慢慢变老，其实是应该加一些元素在里面的，如果能够坐在地毯上，拿起陈年的情书读上几篇，那种感觉肯定比当上美国总统还要充满激情。

他们婚后，一直没要孩子，他们想再愉快地浪漫几年，她知道他是在宠着她，因为，传统的家教迫使他早就想要个孩子，只是因为她的执着，他顺从了她。

他依然保持着写情书的习惯，他曾经扬言，有一天，他要将情书发表在报纸或者杂志上，让所有人都知道他们爱情的真诚和浪漫，她笑他痴和傻。

但没过几年，男人总觉得身体乏力、头晕、浑身还出现了一些紫色斑点，女人担忧着，去医院检查后，女人懵了，诊断书上分明清楚地写着：再生障碍性贫血。

女人不相信这样的现实，带着男人几乎转遍了北京的各大医院，最后确认，他得的确实是绝症，原本的幸福生活在瞬间荡然无存，残忍的病魔将整个家庭带进了万丈深渊。

随着病情的加重，他的头发开始大片地脱落，最后不得不接受化疗，他清醒时，喜欢给她讲笑话，看着她愁眉苦脸的样子，他笑话她，有什么大不了的，不要往心里去，明天太阳还要出来。

他的坚强感染着她，她下定决心，只要有一线生机，就绝不放弃希望。

冬天的傍晚，他的脸和外面的飞雪一样的洁白，她坐在他的床边，给他讲新闻里发生的故事，他喜欢听国家大事，并且有着保家卫国的雄心壮志，听到好笑处，他高兴得手舞足蹈，听到伤心处，他和她一起落泪，为人生的无常和世事的难料。

就这样，他在临走的最后一刻，看着她，然后将最后一个吻丢给了这个世界。

第二天上午，报纸上登了一则奇怪的"征婚启事"：我自知将不久于人世，平生无憾，只是觉得对不起娇妻，在世时没有尽到丈夫之责，现代她登"征婚启事"一则，愿将毕生愿，托于有情之人，吾在九泉之下，万分感谢！

她看到报纸时，眼泪洒满了衣襟。

最后一封情书，依然是他对她无尽的牵挂和爱。

为爱奔跑的女子

她喜欢跑步，有事没事时，总喜欢穿上一双漂亮的跑鞋，在万丈阳光的照耀下潇洒地起程，她觉得人生总是在奔跑，所以，要想成功，必须要先学会跑步。

她曾经有过一段并不算成功的爱情故事，她喜欢上了一位富家子弟，但她的清贫和寒酸成了别人攻击的唯一借口，终于，在一阵唾骂声中，她扔掉了他送给她的白色婚纱，也扔掉了一段粉红色的梦。

这段爱情事故改变了她的人生观，她开始痛恨人生，每天郁郁寡欢地生存着，她曾经发誓决不再恋爱，她宁愿做一个单身女子。

就这样，她每天习惯性地奔跑着，她选择的地点接近郊区，因为那里人少，慢慢地，她发现了一个男人的目光，他也在每天奔跑着，总是与自己碰巧遇见，只是笑笑，然后便擦肩而过。

有一次，她的头疼病犯了，正巧让他撞见了，他急急忙忙地送她到医院，医生检查说没事后，他又像个护花使者一样把她送到家里。

他打饭给她，她感激地看着他，他说你应该做饭吃的，外面买的饭，吃多了容易上火。熬上一锅汤，再加几个鸡蛋在里面，绝对是一味佳肴。她苦笑，至今她还没找到那个情愿为她熬汤的男人。

过了几天后，她突然发现他竟然住进了隔壁的房间，她说你住在这里啦，他说是的，他原来租的房间破烂不堪，碰巧房东说这里还有空房子。

她约他一起跑步，他愉快地答应了，晚上回来时，他便在自己的房间里为她熬汤，汤是那种非常有营养的八宝莲子汤，他说他原来学过厨艺，现丑啦。他的汤做得很好，是喝了一口会想上一辈子的那种，他们就这样日复一日地奔跑着，为了生活，不为爱情。

她的忧郁症越来越厉害了，晚上老是睡不着，没事时，她就会想起他，她总会拿拳头敲墙壁，他便急急忙忙地穿衣跑了过来，问她怎么了，好像自己生了病一样的关心。

慢慢地，他们之间形成了一种默契，敲一下墙，表示她饿了，想要吃东西，无论是深更还是半夜，他总会爬起来为她做可口的饭菜；敲两下墙，表示她寂寞得厉害，需要有人陪，他便会揉着惺忪的睡眼，坐在床边陪着她说话；敲三下墙，表示她要去外面跑步，问他有没有时间，他便会蹬上跑鞋一溜烟地跑过来。

过了半年后，一次聚会改变了她的生活，突然遇到了自己阔别多年的初恋男友，令她喜出望外。他们在一起倾诉分别多年的衷肠，她告诉他关于自己的悲欢离合，他说给她听关于前妻的肆无忌惮以及他万贯家财无人继承的悲哀，她的眼里闪着希望的泪花，就好像一片沙漠，突然遇到了一场暴风雨的袭击，心海再也无法平息。

那晚，她没有回去，他用了一个下午的时间等待她陪他一起去跑步，结果却是一场空。

慢慢地，她回来少了，有时候，一个月也不回来一次，他也慢慢知道了关于她的故事，他摇摇头，整理好自己的行李，永远地离开了这里。

几个月后的一天，喝了许多酒的她回到家中，突然觉得异常的孤独，情场上的逢场作戏使她觉得自己的内心居然是如此的空虚，无论如何，她也无法占据那位富家公子的心，他只是将她当成了性生活的玩伴。

晚上口渴得厉害，她习惯性地敲了敲墙，那边没有动静，她又敲了敲，还无声音，她接连敲了三次，那边毫无声响。她奇怪地打开门，见那间屋子铁将军把门，门口赫然摆着一双跑鞋。

她忽然想起了什么，拿起手机来，拨通了那个她已经好久没有通过话的手机号码，电话那边一个男人的声音，她问他哪去了。那边突然大声骂道："活见鬼啦，这么多人找他，他已经死了半个月了，是在跑步时死的，一辆卡车撞在他的身上，当时就一命呜呼啦，人死不能复生，劝你们全部节哀吧。"

手机掉在地上，摔成了一片晶莹，她的眼泪瞬间流成了一条河。

第二天清晨，人们看见一位披头散发的女子，拼命奔跑在郊区的一条公路上，她的手里拿着一双陈旧的跑鞋。

重播爱情

女人向男人提出离婚时，男人正蹲在地上侍弄那一朵朵快要开败的玫瑰，他嘴里喃喃着，这么好的花，怎么说败就败了。

女人提高了声音，我们离婚吧，男人听清楚了，猛地一怔，继而一把残花被他握在手中。

"没有回旋的余地吗？"他呆呆地问她。她僵持了多年的神经一下子爆发了，她说："你还是原来的那个人吗？每天懒得像猪一样，衣来伸手，饭来张口，你说过的那么多愿望，这些年都死掉了吗？你是个自私狂，这日子没法过了，我已经忍受你多年了，今天我们必须结束这场失败的婚姻。"

男人一头雾水地站着，好久没有回话，他没有答应她，也没有向她做过多的解释，他仍然低下头来，摆弄着风中的残花，花瓣一片片地掉落下来，怎么说残就残了呢？

女人回娘家了，这是所有女人惯用的伎俩，但这种痛苦的战争对于他来说还是第一次，第一次就将他们的婚姻逼到了悬崖边缘，他想起他们初恋时的场景，他会跑到她们家楼下的公用电话亭里，一宿一宿地给她打电话，其实，他只是为了看她窗下摇曳的身影，他总是带着对她的爱入睡的。

他们浪漫的生活随着婚姻生活的到来瞬间破灭了,婚后,他胖了,发福了,总是起得晚,回来也晚,回去时将臭袜子挂满整个房间,她说我们家是不是要改行卖臭袜子啦。她没白天没黑夜地操劳,而他呢,却始终将自己当成了爱情的主角,他是一家之主,需要有威严,所以,他开始骄横跋扈,为所欲为,他每天下班后做的事情便是养花,一切家务事与自己无关。

中午时分,男人饿了,便到厨房里准备自己做饭吃,但无论怎么摆弄,电磁炉的开关就是不听使唤,这都怪自己平日里研究得少,如果她在的话,此时肯定会做出一大桌的佳肴来,他咬咬嘴唇,泡了包方便面。

外面有人叫他的名字,原来是他请的花匠到了,花匠看了看花后,对他说,这些花,时间太长了,凋零了,现在别无他法,只有重新种植啦!

重新种植,那么婚姻也可以吗?他好像找到了答案一样,拼命地拔下了地面上所有的残花。

傍晚时分,他骑着好些年前的那辆旧自行车,骑了两公里的路到她家接她,同样的电话亭,同样的寒窗剪人影,电话通了,他说我在你楼下呢,我骑了自行车接你。就像当初恋爱时一样,一个女人打开窗,看到一个落魄的男人正蹲在寒风里听她的电话,旁边放着的,是那辆被抛弃了多年的爱车。

男人在那个夜晚,拔掉了自己原先早已溃不成军的爱情,他重新种上了爱情的种子,并且要用剩下的时间呵护它的健康与安全。

是的,婚姻是两个人共同经营的一盆鲜花,经受狂风暴雨久了,花会凋,枝会残,叶会腐,根会烂,这时要拔掉它们,重新种上自己的爱树,然后共同哺育它茁壮成长。

也许在一个月朗风清的夜晚,推开尘封已久的大门,你会突然间发现,院子里已经疯长了一整个春天。

一朵就可以代表爱情的全部

女人正坐在沙发上东张西望、心神不宁时,出差的丈夫突然回家了,这出乎她的意料之外,她慌神地问他:"你,怎么回来了,不是还有两天会议才结束吗?"

"噢,会议提前结束了,我急着赶回来,是为了向你说声生日快乐,今天是你的生日呀。"

女人猛地一拍手掌,忘了,亏你还记得,女人心虚地钻进厨房里,不敢看男人的眼睛。

男人不知道,女人今天下午在咖啡厅邂逅了她的初恋,那个男人,一直是她心目中的偶像,今天一见,风度依然翩翩,隔着一杯浓浓的咖啡,她依稀可以闻到他身上浓重的烟味,这种味道是她理想中男人的味道,只是在现在的他身上没有出现过,他不爱吸烟。

他们共同回味过往的岁月,慢慢地,两双手紧紧地握在一起,再也不想分开,女人不知为何会对他说:"今天,我丈夫出差了,晚上不回来。"

说完这句话,她有些不安,好像一种长久未有的冲动感隔着岁月的帷幕疯狂袭来,她有些猝不及防,却又有些焦急的渴望,他轻轻地吻了她的手,"今晚,我会拿上30枝的玫瑰,送给你,你在家里等着我。"

莫名其妙地,女人竟然不知所措地答应了,她惴惴不安地回了家,心里像翻了五味瓶一样的难受，她爱丈夫，从未做过对不起他的事情，但今天，她无法掩盖内心的空虚和落寞。

一会儿，那个大块头就会手捧着30枝玫瑰按响她家的门铃，她究竟该如何向丈夫解释，她六神无主地做着饭，直到一股焦味传到他的鼻子里时，他匆忙地跑过来叫她，她手忙脚乱地收拾着残局，衣服上溅满了油花。

但门铃还是响了，丈夫疑惑地望着女人，女人也尽量避开丈夫的目光，男人过去开门，门外正是那个他，他的眼神中流露出一种惊诧的目光，四只眼相对处，中间隔着的是30枝香艳欲滴的玫瑰，30枝倾国倾城的娇艳。

女人不知如何周旋时，丈夫却突然大笑起来，"呵，我忘了，我订了生日玫瑰，给我爱人的，你是鲜花店的吧，不过，我好像只订了一朵呀，不用那么多，只有一朵，就够表达至高无上的爱情。"

女人以为这件事情发生在电视剧里，张口结舌地望着他，丈夫继续说道：其实，爱情就这么简单，不需要长相厮守或者朝朝暮暮，只需要一朵玫瑰，就可以代表爱情的全部意义，如果多出一朵或者更多的花来，那么，总会有一朵最先死掉或者枯萎的，是吧，亲爱的，只送你一朵花，你愿意吗？

女人眼泪汪汪地点着头，然后，那个门口的男人乖乖地退了场。

女人羞愧难当地伏在男人的肩头泣不成声，在以后的日子里，她依然过着男人出差的生活，但她的心已经有所属，并且长久为他保持着鲜活的姿态，有人问她何以能够孤守清灯，她笑笑说，因为在许多年前，我收到了一朵玫瑰，只一朵，但这一朵玫瑰，已经温暖了我的一生。

男人的秘密

他们的婚姻生活出现了危机，他们谁都知晓，只是不愿意打破这个奇怪的僵局，他们每天冷战着，就像厨房里长久没开过的清锅冷灶一样的潮湿。

在僵持了一段时间后，女人最先开了腔，她若有若无的声音，对他说，"我们分手吧，过不下去了，该散了。"

男人回过头去，眼神里透露着一丝疑惑和哀怨，"没有协商的余地吗？"

女人猛地发了威："还有这个必要吗？长时间的拉锯战，是谁谁也受不了，你回来一声不吭，好像我欠了你家一辈子的债，一说话就吵架的日子，我受不了了，还是分了吧。"

他们你来我往地互相埋怨着，最后，男人压制住内心的怒火，对女人说，"最后一个要求，明天上午，我们再去一趟当初相识时的公园，这是我最后一个请求，明天上午结束，我们各奔东西。"

女人点了头。

两个人故作自在地走在公园的林荫小道上，就像他们当初恋爱时一样，7年过去了，他们没有熬过婚姻为他们设置的坎儿。

男人突然从怀里拿出一条项链来，"这条项链送给你吧，早就答应你了，可没有钱，现在要分了，总该有个纪念吧。"

男人轻声地叹着气，女人将项链接过来，眼睛紧紧地盯着，她忽然说，"没必要了，要走了，还留个项链作什么，惹人生气吗?"

她扬起手来，将项链扔进小道旁的湖里，溅起一片清亮的水花。

男人二话没说，直奔湖边跑去，他大声说道："如果我能够找到那条项链，说明我们的婚姻还有救。"他没等女人回答便跳了下去，溅起一片清亮的水花，顷刻间消失无踪。

女人的眼泪不知何时掉了下来，她大声呼唤他的名字，你个傻子，跳下去干吗，找死呀，你死了，我可怎么办呀。

女人蓦然间想起了他对她的好来，一串串眼泪落在地上。

女人奔走呼救时，男人却一个猛子跳了上来，他浑身颤抖着来到女人身边，他的手里，多了一条晶莹的项链，女人接过来，心疼地搂住了他，呜咽起来。

男人狡黠地笑着，女人不知道，男人跳下水时，并没有沉到湖底找那条项链，而是潜在水面下，等到女人哭到痛不欲生时，他便游了上来；女人更不知道的是，男人买了两条相同的项链，本来是留作一人一条做纪念的，临时派上了用场。

女人搀着湿漉漉的男人回家时，男人已经下定了决心，有些秘密，永永远远，也不会告诉女人的，这也许是属于男人的专利吧！

花与爱的距离

她是爱侍弄花的女子，单身多年的她，习惯于在鲜花丛中释放自己的爱情观。是哪位作家说的，总会有一些失意的女子将所有的爱都安置在其他物种身上，而她呢，称得上是这句真理的代言人。

他遇见她时，她正躲在一家花店的偏僻角落里与花共语，那是一家花店的开业典礼，来的尽是本城的名流，她能够过来，完全是因为她是花店的常客，品花的高手，所以，老板们总会记着她的笑容。

他走近她，闻见莫名的清香在她的周围荡漾着，他一眼就爱上了她，他们从一朵月季开始聊，聊了一段后，就自然而然地转入了结婚的话题上，两个人的爱情观出奇地相似，所以，自然有着志同道合的意愿，所以，她便嫁给他，结束了将近30年的单身贵族生活。

婚后，她将花店搬到了家里，她对花有着由衷的喜爱和研究，她能够分清哪些花对肺部有保护作用，哪些花伤神，哪些花伤春，他们的室内空气清新得很，像是她不经意间将整个春天搬到了屋里。

他有一段时间生病住院了，她哭着鼻子跑到医院照顾他，几天后，她忽然想起了什么，神不守舍的，后来，她跑回家里，将几盆花搬到了医院的病房里，医院里不让，她好说歹说地与人家辩白，说这样有利于病人的身体健康，在她的坚持下，她取得了成功。夜晚时分，她高兴地告诉他，"我请了个花匠到家里，替我侍弄那些花，我害怕它们会枯萎了。在我的生命里，你和花都是最重要的。"他问她，"哪个排第一呢?"她想了想，狡黠地回答他，"都排第一，不过花又起了个行。"

他经常出入于各式各样的风月场合，但他每次都想到她，他曾经答应她会一心一意地照顾她一辈子，绝不容忍别的人染指他们的生活。

但有一次，他真的是不能自持地被另一朵花吸引了眼球，那个她，是那种倾国倾城的貌，倾风倾雨的腰，一笑百媚生，一哭红颜恼，所有的机缘无比巧合地在考验着他的爱情忠贞度，他没有控制住，拜倒在她石榴裙最底端。

时间一久，他终于开始讨厌原来的她了，相比下来，后来的她会调情，知道如何心疼他，而原来的她只会关心自己的花，好像她就是用花做成的。

几经考虑下，他提出分手的要求，当时，她的一朵月季花突然间就死掉了，她正在为它的离开伤神。她怔怔地，然后便起身收拾自己的行囊，分手时，她没有哭，只是向他摆了摆手。

另一个她搬了过来，她讨厌满屋的千娇百媚，一口气地将它们全部扔到了大街上，屋里恢复了原来的钢筋水泥味，他闻起来有些反胃，但是她喜欢。

是那个情人节的夜晚，他突然想起要为现在的她买一朵玫瑰花表达爱，满街的玫瑰花了他的眼，他想着到一家大型的花店比较保险，便跟着大批的人流到了一家大型花店的门口，那店起了个很好听的名字"月老百合店"。

当时，他看见原来的她正和一个高高大大的男子在门口招呼着客人的光临，她看到他，笑着，说请进，是送给爱人，随便挑吧，一边说着，她一边将手自然而然地放在高大男子的肩膀上。

还是那种熟悉的香味，只不过物是人非，那个原来的她，已经成了别家的新娘。

　　有一些女子，她们能够对别的生命充满爱，在自己的恋爱里，更会风情万种，他深深地明白了。他与她之间，隔着的，只不过是一朵花与另一朵花的距离，而这种距离，是他先松开了缠绕着的线。

酝酿了十年的爱情

那一年的夏天凄风苦雨，为了掩盖自己内心深处的悲痛和失落，我背着父母，在城市的一角开了间电话亭。我没有告诉父母子凯离开我的消息，我怕他们会难受，在他们的心里，子凯已经是我家的上门女婿，但谁能料想，他那种看似忠厚老实的人也会被物欲横流所征服，在他的背后，有一个富贵女人狰狞的脸和琢磨不透的笑。

生意不怎么好，但我的心里渐渐踏实起来，一个人生活的日子里，我懂得了珍惜，学会用独处来收拾自己原本残破的爱情，我想我会好起来的，为了自己，也为了家人。

那天下午，天灰蒙蒙的，一个头戴鸭舌帽的男孩走进了我的电话亭，他说想打个电话，我说没问题，他拨了一个号码，然后便说了起来，我便有意无意地听着，他在电话里说道："你还好吗？十年了，不知你还记得我吗？十年前的那个夏天，一个天真的小男孩将一封信塞在你的书包里，然后便仓皇地逃走了，我在信中告诉你，我愿意等你，请你给我一个时间。"

接下来是长久的沉默，我有些感动地听着他们的对话，也许是那边的女孩沉默无语，一种沧桑和同病相怜的感觉油然而生，我努力控制着自己的神经，人家的私人电话，我是没有权力偷听的，但我的视线却一直落在他的身上。

通话结束了，我收了钱，然后目送着他离开。

原本只是一个普通的浪漫的电话而已，过了几天，我便忘却了，但下周的同一时间，我却又看到了那个男孩的身影。他同样的装束，进了屋，说想打个电话，我说没问题。

他又开始说起来："五年前的那个夏天，我去了你所在的城市，当时，你已经是某所大学的高才生，而我呢，只是一个无名小卒，我曾经想过这只是一种奢想，但我还是控制不了自己，我看到了你的身影，看到你的身边，一个高高大大的男孩在陪伴着你，当时，我的心都碎了，羡慕还是嫉妒，我说不好，我只是想不应该是这样的结局。你知道吗？我躲在你学校门口的石磴前哭了一天，保安过来拉我，我去了酒馆，喝了太多的酒，酒馆的人将我扔在大街上，我醒了，漫天的雨呀。"

男孩哭了，我的心猛地揪了起来，男孩子仿佛是动了真情，我身不由己地将一叠纸巾送给他，他转身说了声"谢谢"，然后继续通话。

我的心开始莫名其妙地伤感，今年夏天雨水有些泛滥，像极了我糟糕的心情，我不知道如何面对这样的处境。下周，他还会来，向他心爱的人倾诉自己的衷肠，不管如何，他已经有了向爱人倾诉的机会，还有人能够听懂他的话语，而我呢，面对失落的爱，我的心如刀绞，我恨不得用一种报复的心将子凯的身影从我的脑海里一刀斩去，然后便永无挂念。

下周的同一时间，他又来了，这次，他换了一身牛仔衣，映衬着他高挑的身材。

他在电话里说："三年前的一个黄昏，我做生意下班时遇到了你，当时你好像喝多了，一个人孤单地跑在大街上，满街的汽车不停地鸣着笛，我走上前去将你拉到一边，你说他不理你了，他爱上了别的女孩，我说你还有我呢。你说你是谁呀。正当我准备将你送回家时，那个高高大大的男孩又出现了，你用手打他，他像个犯了错误的孩子，任凭你的摆布，最后的结果是，我目送着你像一枚尘埃消逝在我的视线里，我要祝贺你们的重归于好。"

我的心猛地一怔，以前的一幕幕突然闪现在我的脑海里，这好像是与我有关的故事。我努力搜索着记忆，五年前，我与子凯闹了矛盾，好像与这故事有些相似。我感到一种从未有过的惊喜，是他帮助我回忆起了我原本快要枯竭的思维。

又过了一周，他居然又出现了，这次他没戴帽子，却戴了墨镜，非常大度地走进来，向我问好，然后拿起了电话，我爱倾听他讲故事。

他说："半年前的某天，我突然听到了你失恋的消息，我的心中一阵欣喜，同时又为你感到伤感，如果是我，相爱了十年的人突然离去，我也会选择悲痛欲绝，之后，我好想跑过来劝你，但我一直没有勇气。后来，我想到了写信安慰你，却找不到你的地址，邮到学校，学校说查无此人，邮到你原来的住处，更是说地址不详，我不泄气地寻找，终于，我在这个城市的一角发现了你，你终日以泪洗面，我躲在远处不忍细看，我只有默默地祝福你能够挺过难关，我要告诉你，依然有一个坚强的人躲在远处默默地为你祈祷，他愿意为你遮风挡雨。"

听到这里，我突然间哭了起来，他回过头来看我，我强忍着失落劝慰他："放心吧，女孩会明白你的心的，相信你们一定会走到一起的。"他一双大手伸了过来，"谢谢，理解万岁。"

终于，我对他的惊奇由一种理解变成了安慰，我开始观察他的一举一动，包括他打过去的电话。

令我更加惊奇的是，他拨过去的电话号码竟然是天气预报的电话"121"，我不甘心地查了通话记录，居然每次都是"121"，我不知所以然，以为自己可能受到了神经病患者的纠缠，好害怕。

在地板上，我找到了一张纸条，上面记着一个电话号码，下面记着一个名字"许文强"。是他吗？记忆的潮水一下子冲破了时间的栅栏，那个原来黑黑的男孩子，一直用一种"不到黄河不死心"的目光望着我，被我骂得体无完肤的是他，被我一棍子打倒在地的是他，难道，他说的所有话都是要说给我的吗？

蓦然间，有一种幸福感荡漾在我的周围，我拿起电话，迫不及待地拨通了那个号码，我尽量压着内心深处的激动，对他说："你是许文强吗？我是电话亭的老板，你的东西丢在这里啦，你能过来拿一下吗？"

一个熟悉的身影走了进来，我将纸条交给他，他转身就离开了。

不知过了多久，我拿起了电话，屋外突然响起了一阵急促的手机铃声，是他，他没走，他一直躲在暗处注视着我，保护着我。是他，他爱了我十年。

两双手紧紧地握在一起，我看到他憔悴的面容，"对不起，我不是故意的，你能给我一个证明的机会吗？"

"不需要了，生命中没有几个十年，有一个十年，难道不能证明你的爱吗？"

那天，我的灵魂终于有了幸福的依托，他的肩膀虽然不宽阔，却十分结实，他的体魄虽然不高大，却英俊挺拔，我真的找到了失落已久的爱情。

　　一杯酝酿了十年的酒，忽然间被岁月的手打开，然后便是芳香四溢，醉了一生的光阴。

天使路过明前街

(1)

从病床上苏醒时，我的脑海里还是刚才惊涛骇浪的一幕，苏竹说："可吓死我了，我以为你过去了，你在床上整整昏迷了三天三夜。"我的眼前漆黑一片，可能是绑着绷带的缘故，我问苏竹，"苏北呢？他在什么地方，他没事吧？"

就在三天前，我温暖的手放在苏北的手心里，他的手肉厚，有分量，我娇小的手刚好可以占满他大手的所有空间，没有一丝一毫的剩余，我对他说，"这才叫天作之合呢，我们刚好般配，看来今生我都逃不出你的手掌心啦！"

那个春日午后，暖阳斜斜地倾诉着爱与不爱的忧伤，我和苏北拥坐在出租车里，后面是落花的路，古塔的路，我们的故事像车辙一样抛洒在尘世间，苏北开始拥抱我，一如旧日里那些甜美的秘密一样。但忽然间，所有的美丽静止下来，就在我闭上眼睛的一刹那，关于苏北和我的所有一切往事被时间静止在一秒钟的体温和颤抖中。

据说车主已经死亡，那辆出租车也成了灵车，载着他去了天堂，而我，则有幸搭上了开往人间的最后一趟专列，苏北呢？他说过要与我厮守终生的。

苏竹用关切的手摸我的脸，"没事的，好姐姐，他还在病房里，他受的伤比你要轻，正在观察期。"怎么会呢？明明是他在出事时死死地抱着我，用自己的身体保护我,他怎么会没事呢?也许是吉人自有天相吧,我挣扎着要去看他,苏竹一把拽住了我,对我说,"小姐,别发脾气好吗?这里是医院,不是你家,也不是苏北家,你要遵守制度好不好?他现在不能过来看你,你也不能去看他,明白?"

(2)

纪北的眼神狠狠地看着我,带着失败的狰狞,就在我告诉他我与他一切皆无可能之前,他的脸与现在正好形成鲜明的可怕对比,我后悔自己没带个保镖过来。

他哭着离开了,之前,他写给了我一大堆缠绵悱恻的情书,他直接告诉我他爱我,他的攻势比苏北猛,使我弱小的心差点把持不住,险些在一个漆黑无比的夜里以身相许。

他告诉我他会等我的,死等。我不理会他的赌咒发誓,"如果我成了老太婆了,或者快进棺材了,你还会等我吗?如果那时候你还忠贞不渝地爱我,为我情守一生,我会幸福着死去的。"

他的眼神迸发着被戏弄后的苍凉,一转身消失在我的记忆里,直到今天,他清晰的脸仍然无法从眼前抹去。其实,我有些后悔,既然不爱了,为什么不能和气地说再见呢?如果能够文明一些,也许他不会恨我,他爱我是没有任何罪过的,谁叫他在苏北之后认识我的,他虽然优秀,却架不住我与苏北有过山盟海誓的深交。

我曾经想过写封信给他,告诉他我不是有心的,请他原谅我的小姐脾气,我不该刺激他的尊严,但世事烦冗,一直拖到了今日。

苏北从不发表自己的意见,关于我和纪北的往事,他只是一笑了之。这种态度使我对他有些不满,我想着,他应该表个态的,但是,他就是这种人,从不愿意表达自己的见解,这也是我讨厌他的一个缺点,但没事的,瑕不掩瑜吗?

(3)

苏竹天天过来看我,她爽朗的笑声一直在病房里回荡,好像她从别人那里借来的微笑,以至于所有的病人和护士小姐都向我们投来赞叹声,我说:"苏竹,你冷静点好不好?我还不是你的嫂子呢?苏北呢?我想见他呢,该死的医生和护士呢?我要见他。"

苏竹一把捂住了我的嘴,说病房里不准说粗话,另外,还不准谈恋爱,你不要犯忌呀。

两天后,我从护士的谈话中突然得知,我的头部受到了撞击,双眼可能会永久性失明。苏竹是听到我的喧嚣声后跑过来的,她不停地安慰我,我才安定下来。现在,我唯一的希望是能够见到苏北,在暗无天日的世界里,也许只有苏北的手才能温暖我的手,才能打动我有些冰冷的心,我大叫着:"苏北,你在哪儿?我想你,我爱你。"

苏竹也哭得梨花带雨,她最后告诉我,"没事的,医生说只是眼角膜出了问题,会治好的,正在找适合你的眼角膜,会有希望的,只要你的心不死。"

第二天早晨,我听见了苏北的大皮鞋在走廊里走来的声音,我猛地从梦中醒来,然后,我的手抓住了一双温暖的手,"是你吗?苏北?"一个嘶哑的声音,"我是苏北。你的声音怎么啦?""我吃消炎药过多,影响了声带。脸上也受了伤,只是不要紧,医生为我做了简单的整容手术,现在已经康复了,只是改变了原来的模样,害怕你认不出来。"

我告诉他:"我不在乎,只要是你,只要是苏北,即使你已变得面目全非,我也会爱你,不折不扣地爱你。"我沿着他的手向上摸,我摸到了他的胡子,然后是他的脸,原来的瘦弱变成了微胖,我告诉他,我喜欢他胖乎乎的样子,以前他太瘦了,现在挺好的。

(4)

苏竹说这下子放心了吧,我哥命大着呢。我打趣她,"你下个月不是要结婚吗?我还要做你的伴娘呢?你可别忘了呀。"她沉默了好半天,最后叹口气说道:"我想等你眼睛好了再结婚的,怕你不高兴。"

"没关系的,君子成人之美吗?还按原来的日期吧,再说了,你已经一拖再拖了,不然,人家向往又该埋怨你啦。"向往是苏竹的男朋友,一个略微逊色于苏北的男人,苏北接过来话说,还按原来计划进行吧,下个月结婚。

明前街的医院病房里,一直熙熙攘攘着挤满各式各样的人群。我原本讨厌热闹的,总喜欢孤孤单单地做个像林黛玉一样的女孩子。但自从失明后,我开始渴望与人交谈,目标已经延伸到了苏北以外的人群,我是如此渴望自由,幻想着自己已经飞了起来。

苏竹的婚礼如期举行,我却在她婚前被医生通知要做手术,他们说已经找到了适合我的眼角膜。苏竹和苏北一把将我按在床上,让我老老实实地听大夫的安排,机不可失,时不再来。看来我复明的机会来了。

整整一天的时间,我感到自己已经耐不住性子啦,终于,我摸到了苏北的手,苏竹的脸,清纯的兄妹俩,看来,今生,我只有与他们共患难,共涉风雨啦!

(5)

阳光如万丈芒刺般肆虐过来,我的眼前一片雪白,一张张陌生的脸,我有些羞涩地揉揉眼,周遭的事物漫延开来,从一张面孔移向另一张,终于,我看到了苏竹欣喜的眼,还有旁边——没有苏北。

苏北呢?我大声地叫着他的名字,此时此刻,也许能够与我共同分享这种快乐的唯有他了。苏竹过来搂住我,"姐,你能够复明太好啦,我哥的心愿可以了啦。"

怎么啦,身后,我看到了一张久违的脸,胖乎乎的,每天,我的手都是沿着他的臂膀自由地向上伸展吗?他过来傻笑,有些嘶哑的声音,他是纪北。

我讨厌的人怎么会出现在这里?我没有理他,继续追问苏竹苏北呢。

苏竹无奈地笑笑,苏北就是纪北,整整一年的时间,他都是纪北。

那么苏北呢?在我的强烈逼问下,近乎疯狂的苏竹一下子倒在我的怀里,"我哥早在一年前就走了,他去了天堂,他告诉我们,一定要治好你,让你看白云,看日出,原谅我们吧,姐,这是我们共同编织的一个谎言。"

我近乎歇斯底里地狂呼起来,推开众人的拦阻,我跑进了明前街,老槐树已经又开花了,我拿自己的手猛捶那些难看的树皮,后面是纪北的手,有肉的手,那个我摸了一年的手。

纪北说:"苏北走时告诉我,让我一定照顾好你,我答应了他,他捐了他的眼角膜给你,他说他愿意把眼睛留在人间为你寻找爱你的心。"

看着他,我突然想到了一年前的苏北。

(6)

纪北过来辞行时，我有些不知如何是好，他说骗了我一年的时光，不好意思。他正要出门时，苏竹来了，后面是那个高大的向往。苏竹说留下来吧，这里需要你，也许姐也需要你。纪北苦笑，"我只愿是她的画中人，她现在需要疗伤，我不愿意乘人之危。"我突然有种理解万岁的眩晕感。

三年后的春天，明前街口，纪北帮我换了昨晚坏掉的电灯泡，我推开窗，老槐树笔直地向我送来微笑，一如纪北那双透明的双眸。

在路的对面，我看到了一个阳光明媚的男孩，他正站在原地向我微笑，是苏北吗？我没有用手召唤他，只是流着泪微笑着，一如四年前青春美好的苏北。

转过身，我将头贴在纪北的胸前，然后，我的手臂攀上了他的肩膀，静静地停在那里，等待花开的时间。

纪北突然对我说，刚才天使路过了明前街，他是来为你送祝福的。我开始笑，由衷地笑，因为我答应过他们，我会好好爱活着的每一天。苏北将眼睛留给我在人间寻找爱我的心，我没有理由不接受他的祝愿。

回过身，我向那张着双翼的天使告别，我看见苏北飞远了，阳光在地面上铺成一张金色的毯。

我曾是你的画中人

(1)

30岁那年的春天，已经快成"豆腐渣"却依然形影相吊的我，在秦淮河边的一家企业成为一名白领，在此之前，我几乎没有经历过任何爱情，甚至没有一次可怜的初恋。许多同学都说我的命运不济，而我却时常用一种表面的冷静掩盖内心深处的恐慌，我告诉他们，花正在开。

就在那年春天，我收到了生平第一封情书，情书的作者叫张奇然，他是一家画院的学生，20多岁的年纪，喜欢绘画。他给我写的情书其实是一幅画，画中一位女子神采飘逸，比现实的我长的要俊美些。他在画中毫不含糊地向我表白了心声，而在此之前，我们只见过一次面。我像扔飞机一样将他的情书扔到了风里，我心里暗自笑他，谁愿意将青春托付给一个毫不了解的人。

当时，我已经心仪了一位清俊的男人，他叫原清平，在一家私企上班，我开始莫名其妙地喜欢他，并且想办法辞了原来的好工作，到了他所在的公司就职，而阴差阳错地，我与他有幸分到了同一部门。

生平里，我第一次写了情书，目标是那个名叫原清平的男人，这是我生命里第一次喜欢人，所以，我加倍珍惜，努力想留住他，为此，我曾经独自落泪到天明。

我鼓足勇气约他出来，只是想给他画一幅画，画的才艺，当然是张奇然教的，如果他知道我拿他的画艺去追求另一个男孩，他肯定会气得半死，但我已经无路可选，遇到了自己喜欢的男人绝不能让他从手里溜走。

(2)

他是那种很招女人喜欢的男人，所以，他特立独行的气质使得他的爱情很有市场。这一切定格在我给他的素描中，这幅素描，我把它当成了生命中最重要的一部分，收藏着，我希望有一天，我亲手种下的种子能够发芽，直到开花。

好景不长，他辞了职，去了杭州，我在此地待了一段时间，决心去杭州找他，我要向他表白自己的爱，不能将到手的幸福拱手让与他人。

我在杭州找了他一个星期，他连个人影都没有，我想着自己单纯的傻想法，真的感到心肝尽裂。我将那幅画也悄悄地捎来，我不能使自己忘了他，我要天天看他，让我们的距离再近些，好将距离产生的疏离感挤走。

我被人骗进了一间黑屋子——30岁的女人了还这么轻信别人的甜言蜜语，几个乡下婆子一番攻心战术，使我原本脆弱的心灵一下子打开了伤心的泄洪闸，后来我才知道，她们准备拿我当成摇钱的工具。

除了反抗还是反抗，此时，我最恨的就是原清平，我最想的也是他，如果他能够及时出现，也许我就可以逃过此劫。

我找了个时机，拼命地咬断了绳索，逃了出来。劫后余生的我，手里死死抓着的竟然是原清平的画像，我的泪呀，一个劲地流，好像能将整个西湖溢满，从那时起，我告诉自己，我要离开杭州，离开原清平。

(3)

事情发展得有些令人费解，就在我将要离开杭州时，我竟然收到了原清平的短信，他说他知道我来到杭州，让我去西子湖畔等他，我欲哭无泪，还抱有一份侥幸心理的我选择了留下。

我看到了他清瘦的脸，他的凄楚令我心痛，他说他爱我，不折不扣的，我无语。经历过伤害的我已经懂得用缄默的方式来弄清人世间的是是非非，我的冷静使他有些心悸，我没有告诉他我为他经历过的磨难，与他说那么多有用吗？如果他爱我，为什么他的眼睛里闪烁着一种不祥和焦灼不安？

事实证明了我的想法，他受了伤，一个富家女子耍了他，而他呢，准备利用我的天真，把我暂时当作生命里的一个过客。在某个漆黑无比的夜晚，当我的视线里掠过他和一个女人亲吻的镜头时，我大骂自己的天真，然后跑过去甩了两个嘴巴，一个给原清平，另一个送给了那个不要脸的女人。

我发誓要再坚强些，生命原本就是要不断受伤再不断复原的，他不是我的画中人，夜晚时，我点燃了他的素描，然后将灰烬扔在风中，尘埃里。

(4)

我又回到了秦淮河边，当了一名白领。我每天工作踏实认真，没有人知道我已经人过中年，在他们的眼里，我是个刚从学校毕业的小女生，单纯且认真，敢爱且执着。

我认真地生活着，从不愿接受任何男子的表白，在没有看清楚世界之前，我选择了机敏和沉默。不管多么优秀的男人，都是个凡人，他不可能给予你所要的一切，如果哪个男人打保票愿意将一切包括生命都给你，那绝对是天方夜谭，这种婚姻就像肥皂泡，太阳一出来，便会爆炸。

三年后的一天,我在秦淮河边遇到了原清平,他一脸的落魄失意,他告诉我他的遭遇,骂自己的无知和不知足,他说走了这么多地方,见过那么多女人,唯有我最好,对他最真最诚,这次回来,他是赎罪来的,他已经一无所有,一次不如意的爱情,使他倾家荡产,丢失了自己的所有。

他的哭诉令我落泪,肝肠寸断,我不知该如何处理这样的难题,直到如今,我才突然发现,自己的内心最深处依然为他留着一块位置,虽然那位置那么不起眼。

最后,我给了他一笔钱,这已经是我的全部家当,我告诉他,"你走吧,去闯属于你自己的事业,我可以原谅你,希望你成功。"

他无可奈何地走了,他给我承诺,让我等他,只要他成功了,就会过来娶我。

我先是苦笑,然后无法自抑地哭了。

(5)

35岁那年的秋天,我结婚了,新郎是张奇然,我们重回秦淮河,婚礼简单却又浪漫,我们租了船在秦淮河上喝酒,他喝醉了,搂着我大声地叫着幸福。这时,有一幅画从他的怀里跌落出来,他对我说道:"当年,我画了两幅画,一幅送给了你,另一幅留给了自己。"我打开来,发现画中的女人,已经穿上了嫁衣,一个男孩,正弯着腰迎接他的新娘。我突然间泪流满面。他睡了,像秦淮河一样的深沉,我吻了他的唇,像婴儿一样甘甜的唇,湿润且温暖。

结婚的第二年,我们在秦淮河畔又遇到了原清平,他已经是某企业的老板,他是过来迎娶我的,我说你迟到了,我已经嫁了别人。他对我说,你会后悔的，我会给你你想要的一切。我摆摆手，告诉他："有些爱，不是用时间和金钱就可以买到的。"

临走时，我从他给我的钱中拿走了当初借给他的那一部分，然后，挽着张奇然的胳膊走了，潇洒且从容。

我想，我终于完成了人生驿站里的一段爱情故事，我爱过了，然后便要离开了。因为，就在一个月以前，我已经答应了一个人的求爱，他只用一幅画便令我以身相许。

原来，我曾在同一瞬间，成为另一个人的画中人，我想了想，终于接受了他的爱，那个人，就是张奇然。

因为，我知道，爱一个人是多么辛苦的事情，不是简单地将一个人的素描画出来或者藏在内心里，这需要时光和流年的考验。

再见了，原清平，再见了，30岁。

摇曳红尘中的似水流年

(1)

2006，胭脂扣。

踏着崎岖泥泞的道路，我努力地找寻着盲道存在的方位，我的目标是我那个残存不全、缺少亲情的家，但我知道，继母仍在家里等着我。

许是到了红绿灯的交叉口，我听到了人流与车流汇集在一起的声音，然后，我听到对面传来一阵奔跑声，有个家伙撞了我一下，然后我便被他牢牢控制在冰冷的匕首下，从那一刻起，我才知晓，我被当成了人质。

对面的对面，一个男子的声音传过来，你别乱来，放下匕首，我饶你一命，如若不然，结果你可想而知。

歹徒似乎惊慌失措的样子，他用匕首架着我的脖子，我能够听得见他的心跳成了一锅粥，刹那间，时间仿佛停止了，我感觉到从未有过的危险与恐惧，但幸运的是，我可以看不见这惊心动魄的一幕，但我想，一定是令人叹为观止的。

不全是为了配合对他的抓捕，本姑娘练过两年跆拳道，我的拳出去后，便听见歹徒的惨叫声，然后便是警察蜂拥向前，随即，一双手搭在我的肩膀上，"没事了，小姑娘。"

我回答他，"谢谢你，大哥哥。"

那边一阵笑声，让我毛骨悚然的，继而，他的笑声戛然而止，对我说："没事了，我送你回家吧。"

我告诉他，"我是盲校的学生，上高二了，今天是双休，我独自一人出去，只为了排解一下忧伤的心情。"

他回答我，"小姑娘，我好像没问你这些问题吧！"我说："是的，我只是烦透了，也算是有缘吧。"

临分手时，他告诉我，"你的手臂受伤了，回去包扎一下，要先用盐水消一下毒，你妈妈会帮助你的，还有，我叫魏一贺，警察学校的学生，今天多亏有了你，否则，我的毕业论文肯定不合格。"

(2)

2006，并蒂莲。

我收到他送来的并蒂莲时，正是窗外雨潺潺时，那天，他和一大批警察学校的学生来我们这个街道维持治安，我刚巧要出去，他却赶到了，对我说送朵花给你，他还说，"我已经知道你的事情了，你放心看病吧，我会过来看你的。"

那一刻，我多年酵藏的泪水为他倾巢而出，我哭得一塌糊涂，他却一直解释着，"对不起，是不是我勾起你的伤心往事了，我不是故意的。"

我点头后又摇头，"不，是你将我多年尘封的心扉给打开了。"从那时起，我开始暗恋这个叫魏一贺的男孩子。

旁边，还有个叽叽喳喳的丫头议论着他们那天的成就，那天抓住了一个拦路抢劫者，还说魏一贺这小子本是个孬种，差点被歹徒得了手。后来，那个丫头用手捅我，"小姑娘，是不是看上我们家魏一贺哥哥了，我可以让给你的,只要是你喜欢,他愿意,我无所谓呀。"

那一刻,我感觉手中的并蒂莲突然间多了一丝分量,无声地跌落在心海最深处,让我从此以后的心情,多了一些酸楚、落寞和担心。

担心什么呢?也许担心会有人将我手里的醋缸抢过去,一口气喝个底朝天吧。

"江伶俐,休得胡言乱语,小心话多被风吹烂了舌头。"我听到了江伶俐与魏一贺爽朗的笑声。

(3)

2007,错,错,错。

错上加错吧,我的眼睛在一次手术失败后,依然如故地进行着错误的生活。我除了懊恼外,别无他法,继母耷拉着脸,好像还在为我错交了十几万元的手术费用而遗憾。我不想与她争论什么,我本能够与她争个你死我活的,钱是我父亲留下来的。算了吧,直到我感触到一种久违的温暖接近我,我说道:"魏一贺,是你吧?"在他没有回答我的问题之前,我又闻到了一股胭脂的香味,我知道,与他同来的,一定是那个叫江伶俐的女孩子,也许,他们才是天造地设的一对,我感觉心中的五味瓶被瞬间打开,酸甜苦辣咸全部翻倒在爱或不爱的台阶上。

我说:"你走吧,我的手术失败了,我没脸见你,我祝你们幸福。"

这句话说得莫名其妙的,旁边的江伶俐终于克制不住了,对着我大笑起来,"错错错,大错特错,我要告诉你,我与魏一贺没有丝毫的瓜葛,我们只是普通的朋友而已,还有小姑娘,你也太脆弱了,我们今生今世一定不会成情侣关系的,我可以向你发誓,你尽管放心。"

这可是一种刻骨铭心的誓言，让我的心忽然间温暖起来，原来的感伤与担忧瞬间瘫软了，取而代之的，是另一种坚强。

魏一贺拉着我的手，我感觉一种温暖油然而生，如此的亲近，一个男生轻轻地将手抚在我的手上，我差点控制不住多年来未曾表达的语言。

(4)

2007，笑忘书。

我在等待魏一贺的到来，因为在此之前，我已经向继母道出了我的心愿，我要嫁给这个男子汉，虽然我尚幼，但我不想在有生之年里品尝不到爱情的滋味。继母是哭着答应我的要求的，其实，我一直在吓唬她，我生的病本不能马上毙命的，我只是心中烦恼，想让她知道我已经长大了，已经有了疼我、爱我的人罢了。

但那一天，阳光温柔地刻在我的胸口，让我疼痛不已，我感觉好像会有什么事情发生，果然，我闻到的香味不是魏一贺，江伶俐风风火火地赶来了，她告诉我，"你还是忘了魏一贺吧，我们马上要毕业了，我要告诉你，魏一贺的父母已经答应我嫁入他们家，我已经接受了他送的戒指。"

停顿了片刻，我不可遏制地大骂起江伶俐来，"你说话不算数，你说过你们不会成为情侣的，你食言，你欺骗了我的感情，还有魏一贺，这个可恶的家伙。"

江伶俐马上要走，我拽着她的胳膊不让她走，我在内心深处诅咒他们，江伶俐却在劝慰我，"小柯，不要难过了，长痛不如短痛的，我们不想瞒着你，你还是将我们忘了吧，还有，我已经打听到，已经有人愿意为你捐出眼角膜，你会重见光明的。"

我想着，也许我和魏一贺，就是两条在红尘人海中偶遇的两只蜉蝣罢了，生命之短，犹如目光交接的瞬间，所以，在我们夜晚的偶遇后，便是咫尺天涯。

那夜，我将所有的怨恨记录在时间的长廊里，我要重见光明，告诉魏一贺他是个如何绝情的人，我会看着他们吞下爱的苦果，然后将报复的念头撕碎，放在远离梦幻的天堂。

(5)

2008，风尘路。

我急匆匆地骑行在人烟稀少的小路上，前方是一摊泥水，一个骑自行车的女孩子，像股旋风一样从我身边蹿过去，将我刚刚买来的裙子染成了一片漆黑，我嘴里面不干不净地骂着她，"急什么，找死呀。"

没想到的是，那个女孩子居然杀了回来，大有与我大打出手的样子，如果是这样，那倒好了，本姑娘重见天日后，还没有遇到过对手，对面的女孩活像个愣头青，一看我便大叫道，"你骂什么呀，你。"

话一出口，她好像欲言又止的样子，然后转身便想跑掉，那一刻，我突然听到了一种久违的声音，原来是她，江伶俐，我风风火火地扔了自行车，拦住了她的去路，"告诉我，魏一贺在什么地方？你别是将他弄丢了吧。"

江伶俐低下头不语，我一本正经地听着她的叙述。

……

我发疯似的回到家里，问继母要去年的报纸，找到了，终于找到了，2007年10月28日晚10时许，一名警校学生为了人民的财产安全，与一个歹徒展开了殊死搏斗，最后一刻，歹徒被制服了，他却倒在了血泊里，那个警校学生的名字叫作"魏一鹤"。

(6)

2008，错红尘。

这一年秋，我顺利地考入了一所青岛的大学，我知道，"魏一鹤"早已经与我同去了青岛，我会用他的眼睛看路，用他赠予我的坚强面对生活中的每一天。

还有，我不再怨恨那个可恶的老太婆——我的继母。同样，为了我的未来，她与他们一起编织了一段精彩美丽任何导演也拍摄不了的谎言。我回老家时，将自己业余时间挣来的钱全部交给老态龙钟的她，当她老泪纵横时，我告诉她，"妈，今生，我对不起你。"

我去看了江伶俐，她早已经是某位男生的新娘，她说："他临终前让我帮他改名字，免得你知道后伤心而不接受他的角膜。其实他一直那样深爱着你，真让我羡慕。"我苦笑。

我今生错过最多的，也许就是未能在他有生之年里一睹他的英俊，这样一个有血有肉敢爱敢恨敢于付出的男孩子，一定是我来生追求的最大目标。但愿，有来生，我会不惜一切代价地嫁给他，哪怕他是个穷光蛋，是个体无完肤的人。

那个在出梅入夏的日子里匆匆遇见的人，让我们彼此遗忘吧，只是，请你在下一个雨夜的轮回里，紧紧地拽住我的手，让我带着你，我们回家。

那一场似是而非的青春期沙尘暴

　　隔着简易的橱窗,我看见对面一双圆目隐约着向我射来轻柔的电波,我讨厌看到岳海红的影子,但毕竟,我们两家住得太近,就像手与手之间的距离,我们共用同一条胡同,过同一条大街,在超市买东西时也常碰在一起。

　　也许这就是缘分吧,岳海红经常用这句话与我套近乎,我却白她一眼,不屑一顾地从超市的这道橱窗闪向另一道。

　　蓦地,门口响起了警笛声,几乎是在同时,我们的目光交织在一起,编织成一张无法逾越的网。公安局的车子同时带走了两个男人,一个是我的父亲,另一个是岳海红最亲的人。几乎在同一天,我们成为天涯沦落人,而这一切的原因竟然是我的父亲向她的父亲行了贿,他们的背后也许藏着一个巨大的阴谋,但这一切与我们两人何干。当我看岳海红时,她的眼眸中仅有的一点坚强瞬间即逝,然后泪如泉涌。

　　又是在同一时间,我们离开了超市,回了家,我们不约而同地打了的,甚至一前一后前去探望被调查的父亲大人,却吃了同样的闭门羹。

　　从那天起,我开始更加恨这个叫岳海红的女生,因为我的父亲本是无辜的,是她的父亲官欲太强,为了一点私利,没有把持住自己的名声,却生生连累了我的父亲。我上课时，不与她对话，要求老师调了位置，我不想看到她的脸、她的眼，更不想让她的轮廓在我的心海里留下一点空间。

直到那一天上午，我破天荒地打扮了一个典型的时髦装，高挺着胸脯，光彩照人地走在路上，我却突然间感觉自己今天犯了天大的一个错误，自己的这件上衣，不仅露的地方太多，而且非常不合时令，这也是父亲被关押后，我头一次认真地打扮自己，虽然家里早已门可罗雀，但我想着能够努力适应现在的生活，好让自己快乐起来，所以，我选择了这身行头。

无数路人的目光近距离地映射在我的上身，仿佛被人看穿的感觉实在是难受得很，才蹬上二楼的楼梯口，班里早已传出了一阵起哄声，"快来看呀，丰满成熟的女人，真是不可思议呀。"

这样的声音将原本内向的我逼入了绝境，我不敢抬头看任何人，只是中规中矩地坐在自己的位子上，任凭流言和泪水肆意流淌。

一身典型休闲装的岳海红哼着小曲入了教室，她眼观六路地扫了周围几圈后，感觉今天的气氛异于往日，便过来与大家凑个热闹。几位小姐式的人物正在对我的穿着议论纷纷，岳海红才听了几句，便撇了嘴大声叫道："嚷什么呢，没见过美女呀，像古小鸽这样的人物，我喜欢。美丽是无罪的，身上有美的地方就该显露出来呀，不像你们，不显山不露水的，好像自己本是个平胸，我说的没错吧。"

她这些大大咧咧的话很中听，头一次，我将目光温柔地送给了她，她接过来，接着开始刺激那些好事之人，"怎么样，有能耐比比，人家就是强，就是美，丰满无罪，我就不行，你们行吗？那边的几个哥们，你们行吗？别光站着呀，不是挺能说的吗，发表一下意见呀，别让人以为你们是哑巴呀。"

我终于忍不住了，红着脸回过头责怪她，"岳海红，别再说了，我求你了。"

自此，我与岳海红的关系拉近了一大步，那天下学时，我居然买了块心太软雪糕送给她，以表示谢意，她白了我一眼，"你呀，就是公主当惯了，美丽是你的天赋，他们只有羡慕的份。"

高三那年冬天，我的家庭到了崩溃的边缘，我在亲戚的帮助下，变卖了仅有的一点家产，还了父亲留下的饥荒，我决心辍学回老家去，乡下唯一的祖母已经知道了父亲出事的消息，她放心不下城里唯一的孙女，便让我回去好有个照应，我哭成了泪人，收拾了简单的行装，准备起程。

临上火车时，岳海红一把抓住了我的手，她抄起电话来，一个劲地给祖母说好话，她说："我是古小鸽的好朋友，我会帮助她的，更重要的是，她的学习非常好，马上要高考了，您老不能让她失去这个唯一的良机。"她说成了泪人儿，祖母不答应时，她居然当着众人的面在电话里给她鞠躬，还对着电话要给她磕头。当通话结束时，我与她抱头痛哭。

她拍拍我的肩膀，"对不起，古小鸽，是我爸不好，你说的没错，我该替他还债的，从今往后，我来养活你，你去我家吧。"

从那以后，我与岳海红便朝夕相处起来，为了买上一套高考书籍，我们俩早晨5点多起来去扫大街，这是我们好说歹说争取来的一份简易工作，钱到手时，却只能买上一套，于是，我们便共享资源。

那一天，她突然认真地对我说，"古小鸽，如果我做了什么对不起你的事情，你能原谅我吗？"

我摸摸她的额头，"怎么了你，怎么有这样的话说，我们不是相处得挺好的吗，以前的事情都已经过去了，现在我想通了，任何错事，莫怪一方，如果不是我爸给你爸送钱去，他们也不可能东窗事发，他们都有责任，我已经很感谢你啦。"

她的眼睛中却闪现着一丝迷离，"不，我说的不是这些，我是说'如果'，你回答我的问题。"

我讥讽她，"你好奇怪呀，马上要高考了，还说什么闲话呀！"我最终没能猜透她的骨子里埋着什么事情，她见我没有吱声，便不再言语。

岳海红最终还是没有考上自己中意的大学，我却考上北京的一所学院，父亲出来看我，破天荒地送了我一套学习用品，我没有向他表示什么，只是觉得时间已经拉远了我与他之间的感情。我去找岳海红，问她下一步怎么办。她说没什么，好想睡上一大觉。我说，"你还复读不，也许，我们可以上同一所学院的。"

她说："得了吧你，你是公认的才女，将来有了机遇，早将我忘得远远的啦，别忘了你的承诺，至少要答应我一件事情的。"我努力地点头。

夜晚时分，北京的天空中烟尘迷离的，我电话中问岳海红，北京这是怎么啦。

她笑我，"你呀，真是个书呆子，这叫沙尘暴，北京年年都有沙尘暴的，这是环保不好造成的结果，我倒有个好主意，我想去西部，去那里种树，反正我一个人也孤孤零零地，倒不如去那里自在些。"

我笑她，"就你，一个女孩子，别胡思乱想了，你。"

那边是长久的沉默，我以为自己的话伤到了她，便赶紧劝慰道："不好意思，我的话言重了，你的心意我明白，可这不是件闹着玩的事情。"

三个月后的一天，我竟然收到了她从青海打来的电话，她说："怎么样，我在西部吧，我在这里每种上一棵树，北京的沙尘天气就会减少一分，相信我，我答应你的事情一定可以办到的。"

我在电话里流着泪点头,说:"岳海红,你好样的,我就没有你这样的雄心。"

三年后的一天,我拖着简单的行李准备在北京搬个简单的家,在西单口,我却突然见到一个帅气高大的男孩子,他一把抓住了我的肩膀,让我认真仔细地看他。

我云里雾里,心里想着是否遇到流氓了,便挣扎着说:"你是什么人,我认识你吗?"

他说:"古小鸽,怎么成了才女就不认我了吗?"

我仔细地看他的脸,看他的眼,"天哪,岳海红,怎么是你?你怎么打扮得像个男孩子?还留了胡须,你别吓唬我,我心脏可不好。"

他却认真地望着我,"对不起,我骗了你,其实从一开始,我就撒了谎,都是我父亲他们不好,从小把我当女孩子养,我已经有了哥哥,他们想要个女孩子,他们疏于对我的教育,我天天与一堆女孩泡在一起,直到后来,我遇到了你,你的出现,让我的生命有了一段可以呵护的对象与依恋。"

原来是这样,我不知如何表达自己的感受,是扑到他的怀里痛哭一场,还是打个电话告诉自己的父亲,我遇到了一件多么难以处理的事情?还是告诉我的亲戚、朋友们,与我同处一室长达两年的"女孩子"居然是一个帅气的阳光男生。

他破涕为笑,"没什么,能够告诉你,我心里就踏实了,我说过的,请你能够原谅我一件事情,现在,你的表情已经同意了,我感谢你,无论如何,我都因你的存在而感到生命无比光荣,我还要回西部去,那里有我的梦想,记得有空时打电话给我。"

他消失在人海里，令我尴尬的心无比潮湿，我不知道该如何表白对他的情，是爱情吗？不像，但总有点酸酸的味道。是友情吗？更不像，怎么青春如此不堪一击，如此似是而非。

第二天清晨，我被外面的一种呜呜惊醒，睁开惺忪睡眼，发现黄昏已提前来到了这座古老的城市，我随手拿过手机拨了号码，我大声地对里面叫道，"岳海红，你起来了没有？北京又有沙尘暴，说，是不是你偷懒的结果？"

他打着呵欠回答我，"我的姑奶奶，这哪里算是沙尘暴呀，分明是浮尘天气吗？"

我说："你胡说八道，我在北京，还是你在北京呀？"

他狭促地笑着，"我正开着车呢，在王府井。"

我一把将手机扔到床上。

那一场鸡零狗碎的风花雪月

(1)

星星睡不着,和我一起想你。

季云朵从我的左眼闪了出来,跳向了右眼,然后被我的思绪牢牢地控制住,他动身不得。我简直就像一个超女,将季云朵的身影控制在以我为圆心以他和我之间的距离为半径的圆内,虽然他张扬、狂放不羁,但我还是念着他。

这便是我每天的生活。

他时常埋着头,不知所措地做着属于自己的功课。他就是如此地肆无忌惮,从不介意语文老师的教鞭无情地落在他的身上,就像落在我的心里。他总是会回过头,笑容从我开始,到老师那儿终止,然后扬扬头,对老师说道:"你的课我不爱听,我都会了,要不要我给你背一下整篇的《木兰诗》。"

老师眼神里藏满了忧国忧民。她无奈地摇头后,背转过身去,手却顺势伸进季云朵的抽屉里,一只精致的小锦盒被拿了出来,据说那里面藏着季云朵所有的心事与希望,我诧异万分地望着一触即发的形势,因为季云朵早已经怒不可遏,他做好了战争的准备。

语文老师笑了笑,然后无奈地将锦盒交给他,一边走着一边说着:"你呀，我该说你什么好呢，你确实是个天才，是个人见人爱的天才，许多老师都喜欢你，说你是现代的曹雪芹，古代的贾平凹，大陆的周星驰，但无论如何，我都必须告诉你，《木兰诗》你得抄写一百遍。你要是不抄呢，我也没办法，但我只能告诉你，我会将你的心事公之于众，怎么样，这个交易条件够哥们义气吧？"

晚饭后，我一个人闷在床上，想着明年高考以后的生活和岁月，我忽然这样子想，如果能够和季云朵生活在一起，岂不是浪漫至极呢？

(2)

爱在唐诗里相遇，却从宋词里别离。

一个疯丫头冲进我的视野和季节里，我对着她大声叫喊着："冯雨路，如果你不把我的信还我，我会骂你的，骂你百遍也不厌倦。"

冯雨路果断地将信扔给了我，那一刻，信封里装着的所有心事如鸡毛一样散落在风中。

"你爱上了季云朵？"冯雨路晚上在寝室里搂着我问。

"怎么了，不可以吗？"

"可你是否知道，季云朵正在初恋着，所有的初恋都锁在那个锦盒里。"

"不会吧，他整日里睡不醒、梦不惊的样子，倒是看不出来。"

冯雨路环佩叮当地跑到我面前，向我透露一个天大的秘密，"怎么样，打个赌，你敢不敢将那个锦盒给盗出来？我们也来个侠女闯天关，我倒想知道，为什么他每日里茶不思饭不想的，连学业也荒废了，却将一个普通的锦盒死死地守着。"

我答应下来，条件便是免费享受了一次同性按摩。

(3)

事件发生在某个夜自习下课后，季云朵出去喝酒去了，这可是这个年纪的大忌，但他几乎每晚都纠集一帮狐朋狗友们，偷着划拳喝酒。

我终于逮住了良机，在冯雨路的配合下，我将手探向神秘的抽屉，我触及了锦盒上的恐龙图案，还有无数个线条不知刻画了谁与谁相爱的誓言。

我们像两只精灵，打开了那个锦盒，里面只有一大堆的纸条，排列开来，堆积如山。我们细细地瞅着，上面竟然写满了季云朵的铮铮誓言，我的天呀，他一直在念着一位姑娘，而那位姑娘居然比他大十来岁，简直可以让他叫姑姑啦。

冯雨路果敢地叫着："看见了没，这便是他这个年龄不知如何左右的少年心事。"

"这怎么可能呢，他喜欢语文老师吗？"

那夜，我没有说话，我恼怒的青春被一支凌空的利箭击中了，我感到一种羞耻，一种被人挑逗过后的滑稽，一种跳进醋缸里被人捞出来后风干的错觉。

我很想告诉季云朵："好小子，你的锦盒会永远地给你说再见的，就像老鼠永远告别了大米。"

(4)

你的眼神遇到了夕阳，我便穿上了红衣裳。

我和冯雨路都没有想到，当季云朵知道自己心爱的锦盒永远地消失后，他会采取如此决绝的行动：他消失了，像一只老鼠被人打死了，扔进了垃圾筒里，被垃圾车运远了，运没了。我的心事也跟着他的离开喧嚣起来。

我们找遍了这个城市所有的角落，包括那些人见人烦的垃圾场。我好想从某个地方将他揪出来，毫不客气地左右开弓，骂他，打他，让他求饶，然后对我说"对不起"，但这永远不可能了。

冯雨路泪如雨下，我则劝慰她："不要伤心了，我们也是无心的。"

"不，我骗了你，我是故意让你盗走他的锦盒的，我不想让他太沉湎于这个错误的爱情游戏中，明年我们都要高考，我是宠着爱着他才这样做的。"

"什么，你宠他爱他，难道我就不是如此吗？"我气不打一处来，"你不该用感情的理由欺骗我。"

"古小姐，你错了，季云朵是我的亲人，是我同父异母的哥哥，他恋上语文老师。他找了个锦盒，在一年的时间里，写满了对语文老师的爱，我曾经偷偷地看过。我不想告诉父母，我想帮他，可我无助，我无法左右他的年华，我想到了你，我知道你会帮他的，因为你爱着他。"

我们连续给季云朵的手机发送短信，可他一直保持着无法接通的状态。电话打不通，便写信吧，我们每写一封，便塞进锦盒里。我们想着，向往着，有一天，季云朵会像一只老鼠一样从地洞里钻出来，理直气壮地站在我们面前，告诉我们："我已经解开了自己的心结。"

(5)

岁月无法在你面前变迁，因为我蒙住了岁月的脸。

我们的锦盒已经塞满了，我们的短信也已经发到了痛，发到了恨，我们都抱怨起来：不就是个破落不堪的爱情吗，难道要用一年的时光去这样躲藏？

春节前夕，我的手机里猛地跳出一行字来，我看了发信人号码，欣喜若狂，是季云朵，原来，他在西藏。

当我将季云朵雪藏自己的消息告诉冯雨路时，冯雨路大哭起来，她说道："我已经无法再向家中瞒着了，我已经做好了最坏的打算，如果哥哥真的不在了，我也会为他找个嫂子的，我看你最合适啦。"

我骂她乌鸦嘴。

季云朵在高三的后半学期，用一个崭新的面貌迎接依然爱着他的城市，他每天夜里都熬通宵，他说他想将放纵过的青春找回来，在西藏的那段日子里，他已经学会了独立生活，已经知道了如何忍受失落与悲伤。我说好呀，我将写满祝福的锦盒郑重地还给他，他放在嘴边，不停地亲吻着，那一刻，他根本就是一个可爱的孩子。

(6)

爱情不让我飞，我可以手舞足蹈。

他和他妹子离开的前期，我暂时扔掉了高考后的失落与彷徨，我不知如何挽留他们。

他还是要走了，一脸的无助和无奈，他摇摇头，对我说着感谢之类的话，我则抬起头来看天，他飞快地将锦盒塞进我的怀抱里，然后拉着妹子的手跑向远方。

那段时间，我夜以继日地翻看着那些曾经被风霜染透了的祝福：那些曾经的，已经经历了三双手的爱抚，它们依然以一种强健的姿态屹立在爱的枝头；那些后来的，依然充满了希望，它们如繁星点点，点燃了三个少年的希望；那些高考过后的，是他对这段青春的抓狂和对过去岁月的缅怀，如曲曲哀歌，叙述着我们离别后却不得不面对的苍凉。

那一年的高考，我败北了，冯雨路考上了北方的一所大学，而季云朵与我同样从云端被扔了下来，我好想写封信给他们，可信已经写好了，却不知邮向何方？

又一年，我如愿地挤过了独木桥。

午后的阳光分外妖娆。母亲帮我整理锦盒，听我唠唠叨叨地讲述着一年前发生的像蛇一样曲折的故事，母亲准备将掏空了的锦盒拿出去清洗，她说里面已经发霉了，她却突然间大叫我的名字："女儿，这里面，怎么有字？"

我晕头转向地接过锦盒，我看到锦盒的内壁上，弯弯斜斜地记载着季云朵和冯雨路的话，季云朵大致的意思是说：我愿意永远等你，后面还有冯雨路的话：我愿意让你做我永远的嫂子。

(7)

风花过了，雪月却依然在眼前闪烁。

冯雨路最终不算是个好媒婆，她平日里叽叽喳喳地，却最终没能将我"嫁"出去，也没有给她的好哥哥找个好的妻子，甚至，他们为了自己的颜面，没有留下任何的联系方式。

我只能告诉天，告诉地，我曾经被爱过，我也爱过别人，这一场鸡零狗碎的青春大战中，我依然是个胜者，我不会哭泣，因为风不答应，雨不愿意，我知道以后该用怎样的一种爱慕补偿爱了却不敢出手的承诺。

那一场鸡零狗碎的青春呀，终于没有在我的手里转化为相约到老的现实，但我不后悔，毕竟，风花过了，雪月依然在眼前闪烁。

2010，关于爱情的最后一场是非曲直

(1)

就像太阳的周围总有许多类如地球似的行星一样，学校篮球场上总会聚集一些无聊至极的女孩子，她们将那些拼了命表现的男孩子围拢在一座"城"的中心，然后憧憬着他们是否会与自己有一些落英缤纷的故事。

我对这样的态势表示反感。因此，当秦时明像只猫一样将一张纸条硬塞到我的袖管里约我晚上去操场上时，我就知道他没有安什么好心眼子，说句实话，我讨厌他的存在，他没有"秦时明月汉时关"的宏伟，更没有"秦砖汉瓦"式的古铜，他有的，只是黝黑的皮肤，窄长的脸颊，还有让人一看就高度紧张的头发。

他一直对我存着幻想，就像我对高考存着幻想一样，我期望着自己早早地考上心仪已久的高等学府，而他呢，却心仪着与我一起比翼双飞，我在梦里对他说道，呀呀，呸呸。

而他制造的闹剧却一直缠绕着我，他在学校报栏的显要位置预测了本年度高招的大热门，其中他竟然预测我能够考上南开大学，而他呢，也能够考得上。周围尽是鄙夷的唏嘘声。

我几乎是势不可当地冲到他的面前，大声告诉他："以后少将你我扯在

一起，你是你，我是我，我们走的是两条不同的路。"

但我完全没有想到，坊间的传闻竟然突然变成了现实，我破天荒地给父母露了脸，果然考了南开大学。

(2)

我背着沉重的行李，走在天津人潮汹涌的大街上，猛然间，一个熟悉的身影冲我赶了过来，然后将我手中的大包小包全抢在手里，我的天哪，不是冤家不聚头，我说："别烦人，跟屁虫，竟然跟到我天津来了，你赶紧回郑州去。"

他说："回什么回，我考上了天津的一所技术学院，虽然不是什么重点，但毕竟我们的距离是如此之近，以后有空我会来找你的。"

我的牙从那一刻就开始疼痛不已，我痛恨命运怎么如此的安排，但我下定了决心，决不会给他好脸色看，我说："少来烦我，我除了周六、周日外，一点空儿也没有。"

他说："那好办，那我就每周日的早上在西门口等你，记住，不要叫保安哟。"

他飞快地跑开了，我觉得耳朵里嗡嗡直响，这个怎么也摆脱不了的秦时明。

几乎整个大一，我都在学校里到处飘荡着，学校后面有一堵矮墙，矮墙外面便是大街口，我能够清楚地看到一个男生每天从这里进进出出，他清澈无比的眼光吸引着我所有的感情神经，终于有一天，我与他不期而遇，他伸出了手，说交个朋友吧，我才知道，他叫唐小天。

唐小天开始追我时，我有些魂不守舍，没恋爱过的女孩子大抵如此吧，没有什么经验可循，而偏偏又害怕爱来爱去一场空，我便是属于这种情感波动比较大的女孩子，看着吹皱了一池春水，我却远远地不敢涉入其中。

唐小天几乎没有费什么力气便向我做了最充分的表白，他说他属猴子的，性子急，感情也急，因此，追女朋友也急，他的话太多了，塞得整个晚上的月亮无法西游，我最后无奈地伸出了手，成交吧，就这样，我才堵住了他的嘴。

(3)

本来是好好的事情，全因为每个周日秦时明的出现而泡汤。那堵矮墙是我与唐小天相好的见证，因此，我们喜欢每个周日相拥在一起，欣赏早晨第一滴露水轻轻打湿洁白的心事，可正在这个时候，一阵粗犷的歌声传来，秦时明准时出现了，他开始时只是唱歌，直至后来，见我们无动于衷，便开始跳舞，桑巴舞、法国舞，什么难看跳什么，保安过来了，他拉了保安一起跳，天知道保安怎么如此禁不起他的折腾，才几下子，人便倒在尘埃里，人人都说，南开的西门口来了一个感情杀手。

我最终还是接见了他，他这才罢手，而此时，唐小天早已经闻风丧胆般地神秘消失好久了，唐小天从来没有见过这样的阵势，而我觉得他见识一下我们娘家人也好，否则以后的日子太漫长，总会有节外生枝，先让他知道一点烟火味道的厉害。

我一本正经地告诫秦时明，"我们之间有距离的，帅哥，我们就像两颗行星一样，永远无法重叠在一起，请你以后少来打扰我的生活好吗？"

"可如果你的生活失去秩序了呢？我瞅那小子没有安好心，知道吗，他可是同时拥有至少两三颗卫星呢，你不害怕有一天被他甩出太阳系吗？"

我大眼睛瞪着他的小眼睛，我看到了他的眼睛里藏满了焦虑、不安和疑惑，我将我眼神里所有的狂妄义无反顾地送给了他，我人走远了，但声音却此起彼伏，"别烦我"，这句话，至少可以让他绕梁三日。

(4)

但我与唐小天的感情的确出现了波折，他是感情十分外放的人，他喜欢与女孩子搭讪，而这些，正是我所不齿的，虽然我警告他，用拳头，用语言，但他依然改不了这种坏毛病，终于有一天，我下了最后通牒给他，我说"你会后悔的"。

他为他的不可一世付出了代价，因为我前脚扔了他，就马上泡上了一位长得十分"文雅"的男生。唐小唐小天见到后，恶心得要死，用拳头吓唬人家。我本以为那位男生能够像西方武士一样与唐小天来一场旷日持久的搏斗，可是他没有，转身跑掉了。

唐小天说道："没用的，姑娘，我们和好吧，他们谁也撼动不了我对你的真感情。"

我说，不会的，有一个人可以，我想到了秦时明。

秦时明再次出现时，胳膊上带了伤，他说喝酒喝多了，与地面接了个吻，且吻的时间有些长。

我头一次开始关心他，但不忍心告诉他我的处境，但他却猜测得入木三分，我看到他左右摇晃着，三步并作两步地进了男生楼，不大会儿工夫，他拽着唐小天的胳膊，两个人在矮墙外的一块空地上，来了一场跨世纪的搏斗。

最终，以唐小天的败北而结束，我和秦时明出尽了风头。

(5)

我本来希望用三年的时光去接受秦时明，但每当他以老实巴交的形象出现在我的面前时，我就感觉他木讷，让我憔悴。

终于有一天，我告诉自己，不管他多么虔诚，我都要明白无误地告诉他，我已经有了心上人了，不是他，让他趁早珍惜青春年华。

我告诉了他以后，他的脸红红的，然后转身便走了，没有留下一句话，这是我最为决绝的一种爱情处理方式，我不喜欢拖泥带水。

而当所有的岁月逐渐走远后，我于某个凌晨突然醒来，才蓦然发现，自己的爱情早已经将自己折磨得口是心非，难道对秦时明没有一点爱意吗？他能够三年中每周一次地过来看我，我却未能去一次他所在的学院，他能够为了我去找一个与自己毫不相干的人拼命，我则可以用一句信誓旦旦的爱情谎言将他打入尘埃。

我过意不去了，便于某个黄昏去了那所技术学院，我到处找他，我的天呀，我竟然没有关于他的任何信息，哪怕他住的几号楼、他的电话等等。

一个老乡接待了我，他说秦时明根本就不在天津，他考上的是郑州大学，难道你不知道吗？他为了你，每周省吃俭用省下火车票钱，于周六晚上坐上最早的一班到达天津的火车，然后于凌晨第一朵花开前到达你所在学校的西门……

什么，悔恨至极的泪瞬间从眼眶里汹涌而出，我不知道如何形容自己当时的心境，我说他怎么那么傻，那么痴，怎么什么也不告诉我！

老乡的声音在我的耳畔骤然响起："他敢告诉你吗，你会恨他一辈子的，你会笑他的傻，笑他的愣，还会使他在同学中间传为笑柄。但我要告诉你，他对你的爱是至真至诚，毫无保留的，你不该伤害他，他离开那一夜喝了很多的酒，后来听说在火车上人事不省，火车乘务员中途把他送进了急救中心，他差点丢了命。"

(6)

我不清楚自己是如何坐上火车的，我只是记得，我离开那堵矮墙时，我仿佛看见了秦时明那沧桑的脸，我伸出手，想拦住他远去的容颜，却什么也没有留下。

我在火车上痛哭万分，我觉得自己竟然辜负了这样一份美好的爱情，这简直就是在向人类最纯真情感的挑战，这样一个敢爱的男生，不正是自己梦寐一生的最爱吗？无论如何，我找到他时，都会好好地抱住他，永远不会再分开，哪怕世事模糊了我的双眼。

但令我遗憾的是，我没有看到秦时明的身影，一张通告告诉我，他已经于2010年3月提前回了老家，我想找到他的手机号码，但没有，只有无尽的哀伤与相思。

郑州的黄昏，有无数的玉兰花怒放着，我将自己的头深深地埋在花丛中，我宁愿将自己所有的眼泪都变成花的养料，我宁愿前去四川他的老家，哪怕找不到，我也会一直找下去。

2010年的4月13日，我又坐上了前往郑州火车站的85路公交车，我的行李简单。这些天里，我写了无数首诗想念给秦时明听，不知他听到没有。

我看到了最末一排坐着一个熟悉的面孔，他一眼看见了我，我也将第一眼送给了他，他径直伸出手来，将我紧紧地拥在怀里，我来不及挣扎，来不及等待和辩白。他似乎坐在那里，等了我好久了，就像清风在等待明月，明月却没有准时赴约。

我们坐下来，对望了许久，车开动了，阳光使每一个人的脸孔都明亮起来，我们最终没有顾及周围无数闪电般的目光，再一次将拥抱和眼泪完完全全地送给了对方。

我的心瞬间定格，我知道在2010年，一场爱情的赛跑终于落下了帷幕。爱情原来只青睐勇敢的心，好歹，我们学会了勇敢。

寻找一段 2002 年的风花雪月

(1)

2002 年的春天，阳光依然如现在一样单薄，穿着白色风衣的我正蜷缩在寝室里，寝室的窗户格外明亮，明亮得像一盏风中的纸灯笼，我的眼睛随着阳光来回地移动着。

窗外正是春寒料峭时，不知谁家的顽童还在学校的墙外放着已经过时的烟花，我的目光所及处，正是学校的操场，与其说我是在过这个难挨的礼拜天，不如说我是在寻找另一道目光。

马可罗正在操场上拼命地疯跑着，我曾经看过他的成绩表，如果在学习上有现在的一点心思，他的成绩也不会坠落到山崖里，他一直是学校的典型，因为，他的成绩从来是最后一名，这也是我常常骄傲的一个理由。

而在运动场上，他有着别人猜想不到的天分，我喜欢看着他的背影思考，我常常把他当成一幅美术课学过的图画，古典的，有些忧伤和哀愁。

此时此刻，春日的阳光格外的妖娆，我仿佛自己处在梦想的天空里，有一丝淡淡的相思掠上心头。

林小妹在我不经意时发现了我的秘密，因为，我在日记里记了许多的心事，其中有一大章节我没有署名，因为，那是留给马可罗的，年轻的心大概总是如此吧，总会留出一块儿交给自己最渴望的人。

(2)

林小妹是我的同班同学，也是我的知己，遇到心中的烦闷我总会悄悄地告诉她，让她用长我一岁的心来分析青春的困惑。她喜欢看书，尤其是琼瑶的书，因此，对爱情有着惊人的见地，她曾经对我说：爱情是用来玩的，就像小时候的玩具一样，高兴了，我们欢畅地喜欢它；流泪时，我们就该扔了它，扔得越远越好。

我的日记她分析了好久，她一直弄不明白青春期的女孩的心事为什么会如此复杂，这比书里写的许多东西还要深奥，但是，我没有告诉她，这是写给马可罗的，因为，我知道，女孩子的心事是不能公开的，包括对自己心爱的同伴，爱情与友情有着本质的区别。

但是我不知道，林小妹也有着和我一样芜杂的心事，她也在偷偷地记着日记，我们两个人的爱情之箭竟然指向的是同一个人。

从那时起，我便没事有事的，总爱与人调座位，因为，马可罗就坐在林小妹的前面，而我与林小妹的同桌调了座位，便坐在林小妹的旁边，就会给人们造成一种假想，林小妹是我最要好的同学，这样的做法没有人会去怀疑。其实他们不知道，我是在寻找马可罗的气息。

(3)

那时候，我有着典型的青春期叛逆思想，遇到自己头疼的体育课，我总以体质弱为借口而逃课，这让身为体育课代表的马可罗大费脑筋，在连续几次未到的情况下，体育课老师脸上布满了愁云，在他的办公室里，马可罗低着头，等待着火山的爆发。

体育课老师是个典型的东北大汉,他极为要面子,他总觉得,班里有些女孩子总在逃避他的课,她们是对他的课有意见,于是,他给马可罗下了任务,在下一次体育课以前,必须做好我的工作,否则,拿他是问。

马可罗在对付女孩子方面是他的弱点,这与他平时在赛场上的叱咤风云正好形成鲜明的对比。

他是通过林小妹约我出来的,这种事情如果在班里面解决倒还有些正常,如果拿到课外去,再找一个月朦胧鸟朦胧的晚上,林小妹觉得不正常,她质问马可罗如此做的理由,马可罗红着脸无法辩解,最后,他咬着嘴唇说:他不想把此事公开,他觉得不好,对大家的名誉都有影响。

林小妹是揣摩着我们的心事前来报的信,她嘴里面叮嘱我:"书上说,所有的男孩子在开始进攻时都会采取一种特殊的环境,今晚,天时、地利和人和,他都占尽了上风,你可要小心点。"我说:"只是说体育课的事,又不是谈恋爱,害怕啥?"她白着眼看我:"小丫头片子,这可是爱情的兆头。"临行前林小妹给了我一个电子表,有夜光的那种,让我掐好时间,别说太长时间。

(4)

那是个春天的月圆之夜,我去赴了称不上约会的约会,马可罗高大的影子在月光里摇曳着,好像一枚快要长大的树叶,在风中摇摆。

我的咳嗽声深深地打动了他,他的手没地方放的揣在裤兜里,我们一直没有说话,任凭月光公正无私地洒在每个人的心事上。

他终于忍不住打破了沉默,他说:找你来,只是觉得你还是改一下性格的好，我们只是个学生，没有权力向老师提意见的。

我咬咬牙回答他："我没有对体育老师有意见，只是觉得他的课太没味了，只会做些枯燥的无用功，我不喜欢。"

他鼓励我："其实，锻炼一下挺好的，我原来身体差得很，后来，便爱上体育，现在体质好了许多，你身体弱，应该多锻炼才好。"

我没有再说话，算是答应了他的请求，那夜，我的手心在寒冷的春夜里满是手汗，我分明看见他的额头也是锃亮的，就像是一块变了色的膏药贴在他的脸上，我忽然有一种想偎依在他怀里的冲动。

(5)

语文课是我的强项，但有一天，在上语文课时，我的胃却出奇地难受，像是一条虫子穿在了肚子里。

我的呻吟声传出时，语文老师正在讲《药》里面的血馒头，我的呻吟声真是与此情节配合得相得益彰，全班的人无比动容，以为是语文老师专门安排好的。

但接下来的情况却有些糟糕，语文老师弄清楚缘由后，要求一位男同学把我背进附近的医院里，几乎所有的同学都敬而远之，唯有马可罗走到我的身边，他没有说什么，也没有看周围同学的白眼，他把我背在他的背上，然后疯狂地向医院跑去。

女孩子在这个年龄段，有些肚子疼的事发生是很正常的，我在心里也清楚得很，只是我喜欢马可罗背着我的感觉，谁叫他是马可罗呀，我宁愿一直趴在他的背上，让他背着我走一辈子。

那晚的日记我写得好长，甚至手电筒里的电池都让我用光了，林小妹拉开了我的被窝，我赶紧收拾了日记本，我害怕她知道我的心事。

但我的心事却写在了脸上，因为，书上说进入青春期的女孩子会显得特别害羞，一遇到别人的眼睛时就会脸上布满红云，而我正符合这种特征。

林小妹正站在一群女孩子中间，说着我异样的状态，她学得惟妙惟肖，什么我在梦里说梦话了，与人说话时有些吞吞吐吐了，等等。

其实我不知道，林小妹已经知道我日记里的所有秘密，她是在发泄心中的怨愤，因为，她也在深深地爱着马可罗。

(6)

林小妹是那种特别外向的女孩子，我没想到有一天我会把她从朋友变成情敌。但是，有一天，她居然喝了啤酒，这在所有的女生中间算是先例，她回到寝室时，嘴里散发着浓重的啤酒气息。

她直接问我："你是在喜欢马可罗吗？"

遇到这种问题，我通常是害羞地作答："怎么会呢？我们只是普通的同学关系。"

"你别隐瞒了，"她接着说，"外面的风言风语都在说呢，你为啥这么傻呀，马可罗和你是不合适的，你们是两种世界的人，他是花心的家伙，你知道吗？"

她接着说："班里面，已经有许多的女孩在偷偷喜欢他，他是花心大萝卜，是个让人伤心的人。"

我说："那是她们的事，与我没有关系，我只是把他当成我的同学，没有其他的想法。"

她拍了拍我的肩头："很好，你长大了，知道如何生活了，你还不到恋爱的年龄，那里面的苦是很多的，这时候，你的任务是学习，知道吗？其余的事情，由我来处理，我就不相信我收拾不了这个小子，弄得班里的许多女孩子都神魂颠倒，简直就是在破坏学习纪律。"

事情远没有我想象的那么简单，从那以后，我就发现马可罗在逃避我的眼神，每当我从他的身边像蜻蜓一样地飞过去时，他总是关闭原先可爱的目光，用手揉着自己的眼睛，后面，林小妹像一个瘟神一样地跟着我，她要做我的保镖，专门处理爱情事宜。

(7)

高二很快结束了，高三的生活让人无法琢磨的艰苦，我从高二的松懈中转过来，因为，没有多少天，我们的命运就会发生质的改变，我不想因此而辜负父母的深厚期望。

终于有一天，当我的目光从学习上移开时，却发现了一个惊人的秘密：操场边的秋千上坐着一男一女。

沙子迷了我的双眼，让我无法看清他们的面容，在这个气氛庄严、沉重的时段里，居然有人放弃了学业，终日沉迷于爱情的怀抱。

我还是发现了马可罗和林小妹的爱情秘密，因为，有一天，我看了林小妹的爱情日记，日记里分明写着她每天的心情，最后，是一句简简单单的话语：马可罗，我会爱你的。

只是一句简单的话，却刺痛了我的神经，这时候，我才在突然间发现，自己的心底竟然深深地装着马可罗的影子，只是生活太紧张了，让它无法释放出来，但是现在，马可罗竟然走到了另一个女孩的身边。

我曾经痛苦了好长时间，为自己的大意，为林小妹的横刀夺爱，毕竟，自己是用心爱过的，虽然只是深深地埋在心底，但谁会知道一个16岁少女花一样盛开的心事？

我选择的是放弃，这种情况下，学习是最要紧的，父母曾经说过爱情是朵花，到年龄就会开了，而我还不到开放的年纪。我在内心里祝福他们，于是，只是把他们当成一道迷人的风景深深地藏在记忆里。

于是，我拼命地看书，以弥补爱情的贫困，我希望自己早早长大，能够早日地开成一朵美艳无比的玫瑰。

(8)

时间的长河里，这只是短短的一瞬，我没能拉得住时间的手，任凭它在我的年龄上拼命地生长，直到十年后的一个春夜，我才发现，我单身的季节里，已经有皱纹轻轻地爬上耳畔。

大学里，我没有记住太多男男女女的名字，我只是记得十年前那个美丽无比的夜，那个把手放在裤兜里的男孩，他的背影已经在我的记忆里生了根，没有人能够清除他的存在。

也是一个长长的夜，我翻开少年时的心事，流着泪读着那些让人缠绵的日记，我在默默地祝福着他们：马可罗和林小妹，如果他们真心相爱的话，也应该有十年啦，人的生命中没几个十年，他们是用心走过来的吗？

(9)

北京，西客站口，我手里拖着大大的包，去参加一个编辑会议。在转弯时，却突然发现一个戴眼镜的家伙跟着我，我有些胆怯，因为在异乡，我一个孤独的女孩子，是无法处理这些烦人的事情的。

在跟了我好长时间后，我一个猛回头，走到了他的面前，他手里拿着的眼镜忽然掉在地上，他沧桑的脸，瘦弱的身材，让人可怜的枯干的手。他一步步走向我，我在一步步地倒退，终于，他摔倒在我的面前。我走近他，仔细看时，却发现他正是马可罗。

我们坐在梅花盛开的王府井大街前，他没有说话，只是用两只无神的眼睛看着远走的车辆。

我忽然问他："你怎么在这里？林小妹呢？"

他低下头回答我："林小妹，我们已经分手好些年啦，在毕业的第二年，是我提出的分手，因为，我觉得我们没有共同语言。"

他接着说："从那时起，我就觉得爱情只是个替代的物品，用时再说，再后来，我离开了家，选择了漂泊，我总在想，凭我的本事我是能够混出个天地的，但是，我却选择了不归路，我染上了毒瘾，从此一发不可收拾，我卖光了自己所有的财产，从此孑然一身痛苦地生存着。"

2002年的场景又出现在我的脑海里，面前的这个男子，曾经是我的恋人，我曾经用真心爱过他，恨不得把自己的整个生命全部交付与他，但现在，时间无情地与我开了个玩笑，在10年后，我看见的却是另外一个变了形的男人，他已经被时间榨干了所有的神经与细胞，只剩下一个躯壳在风中颤抖。

我深深地明白：10年后的风花雪月，仍然不属于我，因为，他已经把自己交给了时间。

我对他说："你去戒毒所吧，那里，你会找到新的生活。"他郑重地点点头。

这时，3月的北京纷纷扬扬地下起了桃花雪。

烟花三月爱上你

(1)

那一年，唐诗诗大概十七八岁，在父亲办的医学院里当跑腿的。她的父亲是某重点医科大学毕业的高才生，手下有一个大型医院，还有一个小点的医学院。在父亲众多的弟子中，唐诗诗最推崇的是那个来自贫困大山里的学生，他的名字叫作毛真清，是来自四川山区里的学生。

父亲动手术时喜欢带着他，他的名字也经常出现在家里的饭桌上，因此，唐诗诗记住了这个名字。

那天，她突发奇想，想去看一下这个叫作毛真清的人是何许人也、解剖室门前，她逮住了正和父亲说话的毛真清，他短短的头发，一脸的清瘦，高高的个头，怎么看怎么像唱《烟花三月》的吴涤清，这首歌应该是属于扬州城的，也属于从小住在扬州城里的唐诗诗。

她的目光锁定在毛真清的身上，她一见面便叫他师兄，叫得他身上直起鸡皮疙瘩，他拍拍唐诗诗瘦瘦的肩膀说："小师妹，以后请你多指教。"

她说："你必须教我知识才行，我也喜欢医学，开始时父亲教，但父亲太忙了，总是没时间，今年暑假我是做了规划的，我必须学会医学中的某一种知识，否则我就不会回读大学。"

父亲笑着对他俩说:"既然如此,唐诗诗就交给你吧,你负责她的安全和医术的提高,一切由师兄负责,你只是听从的份。"

(2)

解剖室里,阴森森的,仿佛到了阎罗殿一样。唐诗诗开始时兴趣盎然,等到解剖开始时,看着手术台上放着的尸体,她忽然间崩溃了,躲在角落里一个劲地哭,唐诗诗突然倒在毛真清的怀里,那一刻,她感到另外一种不同于父爱的温暖。

唐诗诗晚上拉着毛真清的胳膊出游,毛真清问去哪里,唐诗诗说去烟花三月吧,毛真清摸摸唐诗诗的头说不会吧,现在可是初秋的季节,哪里会有烟花三月呀。唐诗诗笑他的痴和傻,这是歌里的地方,吴涤清的歌《烟花三月》,不是写扬州城的吗?只要几天的时间能够将扬州城转个遍,便是人生的最大享受啦!!

扬州城的郊外,两人在黑暗的角落里飞奔,唐诗诗不理他,在前面跑。此时,天突然下雨了,唐诗诗跑得很快,毛真清在后面追,怎么追都追不上她,后来,他一个跟头摔倒在地上。

毛真清有严重的风湿病,尤其是在下雨的天气,他的病说犯就犯,父亲对她说:"都是你这个丫头惹的祸,记住,你可欠你师兄一份人情哟。"

那一刻,唐诗诗的眼泪哗哗地流,第二天她买了一个很好的护膝送给毛真清,并且亲手给毛真清戴上,看着在病中的毛真清,唐诗诗发誓要好好地报答他,以弥补自己的矫情惹来的祸。

（3）

时间过得飞快，两个月过去了，唐诗诗依依不舍地离开了毛真清，一年后的暑假，唐诗诗的个头又长了许多，她一听到放假的消息，便匆匆忙忙地向扬州赶，下了飞机，不顾一切地向医学院跑，她找遍了医学院的寝室，却找不到毛真清的影子，后来听说，他半年前辍学了。

饭桌上，她问父亲毛真清呢。

父亲说，毛真清半年前的确辍学了，虽然他免去了毛真清的全部学费，但他的老母亲病危，让他回去成亲冲喜，邻村的一个女娃子从小跟他订了娃娃亲，他的母亲想在临死前把事情办了。

唐诗诗从那天起，便躲房里不停地哭，哭过后，唐诗诗恳请父亲同她一起去四川看毛真清，父亲答应了唐诗诗的请求，父亲说，毛真清是他最好的学生，好长时间没见他啦，和你母亲一起去吧。

到了，一个贫困的小山村，在一座矮矮的房子前，门开了，一个男人站在父亲的面前，当他用手抹去脸上的灰尘时，唐诗诗才认出来，那人正是经过岁月变迁，已经满面沧桑的毛真清。

唐诗诗跑过去想和他拥抱，毛真清退避三舍。

他将他们让进屋里，屋里一股浓重的中药味，唐诗诗以为是毛真清生病用的药，但仔细一看床上，居然躺着一个妇人，她不停地咳嗽着。

父亲得知他媳妇身患重病后，急忙过来把脉，毛真清感激地站在身后，向父亲叙述她的病情，他媳妇四个月前怀了孕，结果却流产了，然后就得了怪病，她可能得了产后风，加上条件不好，感染了肺炎。

父亲把了脉，问毛真清，这是小病，怎么给耽误了，她现在的病情很严

131

重，可能会有生命危险。

毛真清只是哭，说家里没钱，能够变卖的都卖了买药了。

唐诗诗一个劲地掉眼泪，她觉得师兄的命太苦了，她当机立断地表示，要将他媳妇带到扬州去治疗，让她住进她家的医院里，接受专业化的治疗。

(4)

父亲给四川的同学去了电话，请求他们医院派专车护送病人前往扬州，一切的费用由他家出。

到了扬州，医学院派了专人来接病人，当毛真清陪同唐诗诗出来时，他看到的是一个烟花三月的扬州，人已经来了，可物是人非呀，望着这万紫千红的扬州，唐诗诗哭了，哭得肝肠寸断。

重症监护室里，一大批专家围在那里，商量着病人的病源起因，唐诗诗坐在后面的板凳上，不停地搓手，她前面站着的，正是收拾一新的毛真清。

从那天起，在病人的病床前，精心照顾病人的，除了毛真清外，就是那个富家小姐唐诗诗，病人的状况很糟糕，虽然有人精心照料，但病情却一直反复，直到后来处于高度昏迷状态。

唐诗诗没有去学校报到，这是她考虑再三的决定，虽然父母说她傻，不值得，但她还是留了下来，无论是什么人，只要遇到这种情况，都会义无反顾地留下来的。

毛真清的风湿病已经很严重，在这期间，在她的悉心照顾下，他也接受了专业化的治疗，由于护理有方，加上医学条件先进，在动了一次小手术后，他的病情逐步稳定了，只是需要戴着护膝。

(5)

就这样，时间一晃，7年的时间过去了，唐诗诗已经长成了一个如花似玉的大姑娘，二十七八岁的年龄，正是开花的时候，登门求亲的人快把门槛踩破了，毛真清劝唐诗诗，"你也不小啦，师傅也担心的很，不如找一个吧。"

唐诗诗怒斥毛真清，说毛真清忘恩负义，说得毛真清丈二和尚摸不着头脑，唐诗诗说："你太负心了吧，枉我叫你一声师兄，还拿我开玩笑，你再不准在我面前提婚姻两字，否则我会与你决裂的。"

回到家里时，父母亲正坐在那里等她，几年的光景，父母都老了，耳畔的皱纹已经无法掩盖岁月的无情，父亲语重心长地问她对自己的婚姻有何打算。

唐诗诗说反正现在不想嫁，时机还未成熟吧。

母亲问她，是在等人吗。

一句话，好像是等了一辈子了，唐诗诗听完母亲的问话，眼泪在眼眶里直打转，她不知如何回答父母的问话，她是在等人吗？等那个已经为人夫的毛真清吗？这不仅是个漫长的等待，而且是一种没有任何保证的梦想，没有人会相信奇迹的出现。

唐诗诗哭着说："妈，我不想说啦，你能理解女儿吗？"

母亲将唐诗诗搂在怀里，"女儿，妈知道你的心思，可命运是安排好的，你们不合适，不说年龄，不说家庭，他已经是有妻子的人啦，虽然她在病床上，你这样折磨自己，是何苦呢？"

唐诗诗不再哭，对父母说："这事不说啦，只是再过两年好吗？如果再过两年，等我30岁时，我会自动找个人嫁了，不再拖累家里。"

(6)

第二年的春天,正在手术室里忙着的毛真清突然接到重症监护室的电话,说是他媳妇病危,出了手术室,毛真清风风火火地向医院赶,到时,病人已经不行了,他苦命的妻子,在临终前对他说:"那女孩对你挺好的,你们挺合适,我要走了,愿你们幸福。"

声音不高,却让站在他身后痛哭的唐诗诗听了个正着。

那时她想,这是个坚强的女人,一个值得为她流泪的女人。

毛真清媳妇的尸体火化后的第二天,人们突然发现毛真清失踪了,警察四处寻找无果后,唐诗诗一个人背着父亲去了四川。傍晚时,唐诗诗找到了毛真清的家,毛真清正跪在母亲的坟前痛哭,旁边是一座新坟,毛真清已经在那里跪了一天一夜的光景。

毛真清做梦也没有想到,唐诗诗会为了他千里迢迢地来到四川,毛真清说:"你太傻了,我已经是个废人,一身病,你又何苦呢?"唐诗诗说:"我只记得,有个男人曾经答应过我,陪我看一辈子的夕阳,陪我走遍扬州城,看烟花三月,看风清月明,只是,我不知道他是否已经忘却了。"

毛真清站在唐诗诗的家里,看着墙上挂着的一幅《烟花三月》图,唐诗诗的父亲出来说:"刚挂上去的,诗诗喜欢,所以我请高手画的。"画上,一个女子,正站在烟花三月苦苦地等待。

"你千万别负了诗诗,她等了你大半辈子。"

"我知道了,师傅。"

唐诗诗用手拍了他一下,"父亲会不高兴的,你应该改口啦!"毛真清赶紧用手捂住了嘴。

十年桂花香

18岁那年的秋天,阳光依然如现在一样的单纯,她收到了第一封关于爱情的信笺,那封信里,赫然记录着他对她的爱情誓言。

虽然爱情的花还没有开放,但那种青春活力的气息已经感染了他和她的神经,爱情也许就这么简单吧,好像两个人走在农贸市场里,遇到一起时,便相爱啦!

那年的桂花分外飘香,飘浮着毕业前最后一年的向往,他对她说:"明年报考时,我们报同一所学校吧?"她回答他:"为啥呀?""我不想和你分开呗。"

在毕业前的半学期里,两人相约明年再见,暂时分开一段时间,然后,他和她便将头和心理在学习当中,他们明白:目标只有一个,那就是共同走在大学校园的林荫道上。

很快地,他们毕业了,但命运好像与他们开了一个玩笑,他们虽然都考上了大学,但一个在南,一个在北,无奈的成绩单将他们拉成了咫尺天涯。

在大学期间,她和他始终保持着通信,在她和他的心里,他们是真的相爱的,时间和距离都无法减轻他们之间的想念和牵挂。

就这样,大学很快毕业了,她却突然收到了他的一封信,信上只一句话:

距离太远，时间仓促，我们不爱吧。信里还夹着两朵干枯的桂花，她忽然想到了他曾经说过：桂花也是爱情的象征，桂花凋谢时，有些爱情会干枯的。

她拼命地流泪，内心狂跳不已，拨通了他的电话，他的声音和原先一样富有磁性，却多了几分无情，他对她说："因为太远，所以，心已经没有温度，不爱吧。"那时，她发现自己的眉心冰凉。

原来，年轻的心毕竟太天真了，天真得像一只纸糊的风筝，只有一副空架子在天空里翱翔。

在接下来的日子里，她压抑住失恋的痛苦继续生活。时间也许是治疗伤痛的最好良药，几年后，她的心已经恢复到原来的位置，无情的时间减缓了她的思念。

那天，有一个南方来的客户到她的单位出差，和他交谈时，她才知道他也在上海工作，两个人无所不谈起来。他告诉她，在自己的单位里，原先有一个年轻人，特别喜欢桂花，他的办公室里，总是充满有桂花的香味。

她的心猛地一震，他不也在上海吗？客户接着说，但是，他却是个盲人，好像是在五年前，得到一种特别奇怪的病，后来，吃了许多药却没有治好，为此，他牺牲了自己的爱情，曾经有个女孩子，他们谈了几年的恋爱，结果，为了她的幸福，他毅然放弃啦！

是他吗？她的心像针扎了一样疼痛。她拼命地想，压抑地想：他真的很傻，不会的，我绝不会离开他的，不管他现在的处境如何，将来如何，他真的太傻了。

她是带着桂花的香味走进他的家的，她知道，他喜欢桂花，就像喜欢自己的生命，那时，八月的桂花正在怒放，她把桂花拿起来一朵，放在他的手心里，他闻到了，两只手紧紧地握在一起。

没有什么浪漫的话语，她只是轻轻地问她：十年前的桂花，还能在你面前开放吗？

那时的他百感交集，像一个受过伤的孩子，两人拥抱着，眼泪飞舞。

原来，爱情就像一杯冲好的桂花茶，只是因为时间太久，它的味道已经淡了，当你把今年采好的桂花放在茶杯里时，爱情就已经开始复活了，时间越久，爱情是越香的。

关于一只猫的爱情往事

在工厂被老板训了一顿,我的心中烦得很,加上天气有些炎热,我不耐烦地躺在床上,想着打工的岁月真是无奈。

突然间,我听到了门口有奇怪的声音,像是有一只手在拨弄我的门墙,我气急败坏地大骂着,这里的人真是烦死人,睡个下午觉都不行。

我猛地打开门,却没有人影,仔细一看,却发现一只小猫,嘴里还叼着个物件,看到我,急忙地把物件丢在我的门口,仓皇逃窜。

我有心去追,又觉得有些得不偿失,不过是一只猫嘛,对自己又没有多大的影响,活人何必与一只猫一般见识呢。我便想继续睡我的觉,却发现地上的那个物件,拿起一看,却是女人的一个头钗,珠光宝气的,很耐看的那种,我心里盘算着既然是上天的恩赐,我便来个顺水推舟,据为己有。

事情过去两天后,也没有失主上门,我觉得心里踏实了许多,想着可能是那只猫在地上捡到的,不经意间猫走错了门,才送到我这里来。

两天后,又是一个夜幕降临时,又是一声奇怪的响声,这对于我来说已经有了一种熟悉感,我打开门,"喵"的一声叫后,小猫又丢下一件物品扬长而去。

我拿起来,却是一只女人的手帕,我好生奇怪,这个地方倒怪得很,居然出现了电视剧里的画面，很有戏剧性的。

我有心把东西拿出去登个失物招领启事，后来想想算了吧，何必多此一举，可能是猫的一种离奇习惯，不过是一种巧合罢了。

又过了两天，那只猫又出现了，这次我正好没有关门，它调皮地来到我的门前，用嘴拱我的门帘，看见我出来，便把一件东西扔在门边，飘然而去，这一次，却是一条女人的乳罩，这让我大跌眼镜，为了避免嫌疑，我赶紧拿了东西关了门。

晚上加班回来时，楼道里乱得很，保安员正在挨家挨户地搜索东西，见我回来，便让我开门，我问他们怎么啦，他说四楼丢了东西，很重要的，人家报了案。

怕什么来什么，我还未弄清如何是好，保安员便人赃俱获，在我的屋里，发现了三件令人不可思议的东西。一个胖乎乎的女人，叉着腰站在我的面前，她大声地质问我为啥拿她的东西。

我急忙解释，一只猫叼给我的。听了我的解释，他们哈哈大笑，谁信呀，骗三岁小孩的把戏吧。虽然我一再辩解，仍然是无济于事。念我是初犯，外出打工家又离得远，免于处罚，但要归还所有的物品。

我真是比窦娥还冤呀，经过教育后，我被勒令在寝室里反省三天，并且通知单位我暂时不能上班。

晚上躺在床上，我仔细想着这个事件的来龙去脉，后来想想，觉得最大的罪魁祸首便是那只可恶的猫，我在心里起了愿，一定要抓住它，来个碎尸万段。

机会还是来了，那天，我终于看见了那只猫，它正叼着一件花衣服，向邻居的门边接近，我怒从心头起，手里拿着根棍子，在后面紧追不舍，那只猫见有人追它，竟与我玩起了捉迷藏，一会儿向东，一会儿向西，我被搞得头晕目眩，终于那只猫钻进了对门的一家房间里，我确定了方位后，用手敲了门。

一位漂亮的女孩子，正站在门口，她问我有什么事吗？我觉得她有些熟悉，后来才知道她竟然和我一个厂，她是仓库的保管员，我只是一个普通的工人。

我回答她找猫，她笑道，找猫干什么。我反问她，你家有一只猫吗。她弯着头看着我："是呀，有一只，我养的。"那就对了，我心中的怨恨又一次如火山般爆发。

我对她说，你的猫把我害惨了，我告诉了她事件的整个过程。

她微笑着听着，好像在听一个有趣的故事，听完后，她收敛了原先的笑，一脸严肃地回头叫道："咪咪，过来。"随着一声响动，那只猫听话地出现了，她说道："过来，给哥哥赔礼道歉，你太淘气了，我要罚你一天不能吃饭。"

天哪，我差点翻倒在地，她竟然要猫叫我哥哥，我不知这辈分从何排起，便想起身告辞。她说："不好意思，我的猫得罪了你，我向你赔礼，不介意的话，今晚在这儿吃饭吧。"这倒是个好主意，我的肚子里正有些寒酸，既然人家一番盛情，我便不再推辞。

饭间，我知道她叫米晴，她给我讲了关于这只猫的故事：

她是外地人，父母均病亡，父亲一生嗜猫，这只猫便成了唯一的遗物，作为女儿，唯一能够做到的便是照顾好这只猫，以慰父亲在天之灵。

她的故事很简单，看着她的明眸善睐，我无法不相信她的话。算了吧，既然如此，又何必穷追不舍呢，况且它只是一只可爱的小猫罢了。

那晚，我为自己理智的处理感到骄傲，从小到大，也许这是我做的最漂亮的一件事情。看了会儿书，我迷迷糊糊地进入了梦乡，正在熟睡之时，忽然有人敲我的门，那声音很是焦急，我起身开门，却发现是她，我问她怎么啦。她的声音明显带着哭腔："咪咪病了，好像是得了重病，我不知道该怎么办。"说完，她的眼泪便流了下来。我是最怜香惜玉的，况且眼前站着的又是一位绝色佳人，我说："不用着急，我去看看。"

在她的屋里，小猫正缩成一团呻吟着，我看了看，凭着自己的经验断定：它可能吃了有毒的食物。然后对米晴说必须去医院，否则凶多吉少。

已经是夜晚 11 点多了，我们叫了出租车，心急火燎地去兽医院，找到好几家，人家都不营业，终于有一家被我们的诚心所感动，小猫被抱进去了。她脸色煞白，偎依在我的怀里，我便主动地充当了英雄的角色，又是安慰，又是讲笑话逗她开心，在不知不觉间，我突然间猛地发现，我竟然在一只小猫的帮助下，爱上了面前的这位叫作米晴的女孩。

手术结束了，小猫转危为安，她很感激地望着我，问我有什么条件，那一刻，我的嘴却异常笨拙起来，不知如何是好，吞吞吐吐地，实在无话可讲了，便告诉她："你能为我洗衣服吗？"这可是一句至关重要的话语，出乎我的意料之外，她竟然满口答应了，非常干脆地。

一来二去，我们从陌生转向熟悉，从萌芽走向成熟，终于有一天，我按捺不住自己沉重的心情，告诉她我已经爱上她时，她一脸通红地告诉我："我早就看上你了，就在你去我家的那个夜晚。"我问她何以见得？她说："其实你并不是恨那只小猫，在你的内心里，藏着一颗永远善良的心，这一点，我在当晚便一览无余。"

就这样，在打工的岁月里，我解决了个人的感情问题，而那只小猫，竟然成了我们的媒人，这也许是天作之缘吧。

　　当我们手挽着手出现在厂里时，人们纷纷议论，问我爱情方面的秘诀。我说这是个关于爱情的秘密，当又有人问我何以速度如此之快时，我骄傲地回答他：火车已经提速了，经济也在腾飞啦，爱情也需要与时俱进嘛！

有些爱，永远不在服务区

在女孩生日那天，男孩花了自己两个月的工资买了两部手机，是那种情侣型的，一部是红颜色的，另一部散发着淡淡的蓝，拿在手上，很优雅的样子，他高兴地告诉她关于爱情的誓言：从今天开始，我会永远让你幸福。

女孩幸福地偎依在他的怀里，任凭春风吹打着两副年轻的面孔，虽然上面写满的净是单纯。

在快乐到来的时刻，她答应了他的结婚请求，只是因为他对她太重要了，在这个陌生的城市里，她的手机永远为他而开，他永远处在自己精心设置的爱情服务区里。

为了相互照应，她毅然辞了自己原先的工作，将爱巢从东郊搬到了市中心，虽然房子贵点，但她觉得很值得，因为这所房子离他工作的地点很近；接下来，她在附近胡乱地找了家工作，不为挣钱，只为守住一份爱，承诺一个家。

虽然相隔不远，但他们也只有晚上才有见面的机会，因此，每隔三四个小时，她总会收到他发来的手机短信，她明白，只是为了节省一些电话费用，用来弥补租房的差价，在那些短短的信息里，她一直收获着甜蜜和幸福，如果走在大街上，看到一个女人带着满脸笑容和自信地看手机短信，不用问，就是她。

那天下班，他很是苦恼的样子，她问他原因，他回答她："公司里面的制度简直缺少人性化，这是我的手机，为什么规定一天24小时要开机，又没给我报销电话费，上次制度下发后，我没在意便关了机，结果主任晚上找我，说有应酬，却找不见我，上班后他大骂我，说我没遵守公司的制度。"

看着他长吁短叹的样子，女孩斜着眼睛笑着，嘴里说："你不动脑筋，我教你个办法吧，你不关机，直接把手机电池拿掉，这样子，手机就处于不在服务区状态，也不算违反公司的制度吗，谁叫我所在的位置移动公司没信号呢？"

她的小聪明提醒了他，他高兴地马上尝试，结果一拨，上面传出来不在服务区的声音。

从那以后，他们晚上的生活少了手机的纷扰，又增添了无限的生机和快乐。

日子如泼水般流淌，不知不觉他们的爱情已经走了几个春秋；女孩依然过着淡淡的日子，想着那个淡淡的人。

那天上午她没工作可做，公司里也放了半天假，她将自己关在屋里听那些如水的老歌，但一上午却没有接到他发来的短信，她有些纳闷，便打开手机编条短信准备发过去，但怎么也发不出去，女孩悻悻地，破手机，才用了几年就不行了，干脆打个电话吧。

她拨通了他的手机，过了好大会儿，却传出了不在服务区的声音，她有些奇怪，他是不是出差了，在郊区吗，市里面不应该有不在服务区的情况发生呀！

她没往心里去，想起需要为他买一件衬衫，便锁了门，去了市场。正当她乐滋滋地挑选衣服时，一个熟悉的背影进入她的视线，那个她的他，搂着一个体态修长的小姐，正漫步在万丈春光里，那姿态，是如此的悠闲和从容。

女孩没有细想，感觉头有些晕，她一眼瞅见了他的手机正别在腰里，那个女人的手里，正拿着一块电池，分明是惊人的蓝。

她忽然明白了，他已经走出了自己精心设计的爱情发射塔，停在别人的区域里，对于她的爱，没了信号。

后来，她选择了分手，没有那么多的理由，只是觉得累了，就像那部手机，用了两三年了，也该扔掉了。

原来每个人都拥有一座爱情信号塔的，那些信号，只为一部手机开通着，悲哀的是，有些人轻易地走出了属于自己的爱情区域，所以，他们的手机，永远不在服务区。

第三辑

世上没有恒温的爱

纵然时光能够带走所有的青春和美貌，但那份爱，却一直掩藏在我们看过云卷云舒的眼睛里。当我看着你的眼睛时，我仿佛看到了十年前的你，刚刚认识的你，单纯的你，敢爱的你，你说，我会选错吗？

爱的眼神

那一年,是我们结婚7年的庆典,我们选择了一种别致的方式结束我们的"七年之痒",我们去参加市妇联组织的庆典晚会,内容非常广泛,有知识问答,还有一些两人共同参加的竞赛,在妻子的鼓励下,我们报名参加了其中一项。

题目非常简单,几位妻子或丈夫穿着一模一样的衣服,然后戴上面具,脸上只露出两只眼睛,然后让对方的爱人辨认,如果谁能够分辨出,便可以领到一份丰厚的礼品,这类题目吸引了许多伴侣的注意力。

台上台下哄笑声不断,无非是丈夫认错了妻子,或者是妻子认错了丈夫。

轮到我们这一组时,我的心情十分紧张,我害怕妻子认错了我,更害怕我会认错了她。

所有的人都迟疑着,我们都吸取了前几轮失败者的经验教训,在努力回忆着似曾相识的感觉,我看到一双忧郁的眼神走向我,从那种眼神里,我看到了一个整日里忙碌的身影,她时刻牵挂着我的脚步,点缀着我的爱恋,是她,我们几乎同时走到一起,四只眼睛有力地凝结在一起,没有人能够分开,当我们同时摘下面具时,我看到妻子的眼里溢满了泪水。

晚上，我们谈白天的心得，妻子告诉我，只要对方是爱你的，从眼睛里就可以看出那份思念，接下来，妻子给我讲了她以前从未提起的一段故事：

外婆在生下舅舅不久，便在一次逃荒中与外公失散，转眼间，就是将近二十年的时间，在这二十年里，外公一直在努力寻找外婆的下落，无数次的努力，无数次的失败。

二十年后的一天，在异乡的大街上，外公看到一个穷困的妇人，身影佝偻不堪，面容已被烧得无法辨认，只有那双眼睛，依然闪烁着一种怜悯。外公只是路过，那妇人抬头看他，他也看那妇人，但外公没走过多远，却突然转回身来，抓住那妇人的手，妇人吓得哆嗦成一团。

那正是外婆，她在几十年的流离失所后，得了严重的失忆症，她根本无法认出外公，外公后来告诉我们：当时一看到那双眼，他就知道是她。

在接下来的近十年时间里，外公遍寻天下名医，为外婆治病，但无济于事，外公毫不气馁，每天守着照顾她，就在十年前的一天，外婆突然叫出了外公的小名，那一刻，外公幸福得老泪纵横。

妻子最后对我说：当时我一直不明白，为什么外公一眼就能认出那人是外婆，现在知道了，那是爱的眼神，不管岁月如何变迁，也许时间会毫不留情地摧毁了你的容颜，但有一双渴望爱的眼神永远为你敞开着，那种清澈，那份欢喜，那份莫可名状的牵恋，那种爱过你的灵魂，始终栖息在那里，不曾离去。

纵然时光能够带走所有的青春和美貌，但那份爱，却一直掩藏在我们看过云卷云舒的眼睛里。当我看着你的眼睛时，我仿佛看到了十年前的你，刚刚认识的你，单纯的你，敢爱的你，你说，我会选错吗？

那一刻，我仿佛突然明白了爱的真谛。

拨错的手机号码

他沮丧地坐在办公室的转椅上，忙碌的脸上显得异常疲惫和凄凉，他的爱情与事业同时遇到了挫折，就在半个月前，他与过了"七年之痒"的妻子分了居，原因简单得就像春天过了该是夏天那样自然又有规律——也许在一块儿时间长了，分开也好。他搬到单位的宿舍里居住，整日里云里雾里地忙自己的生意，这两天极其背运，他的生意每况愈下，好几笔单子从手中滑走，再无踪影。

他深知，他们的感情已经出现了严重的裂缝，无论用水泥浇灌还是用钢筋固定都无力回天，他静静地等着，过不了多长时间，也许妻子会将一份离婚协议放在自己面前，他会从容地在上面签字，过自己以后想要的生活。

因此，他拼命地将感情的失落化作一种力量施加在事业上，也许，感情失落时，事业的如日中天能够增加男人的成就感。

他随手拿起了手机，他要向楼下的饭店要一份饭，已经连续好些天了，他都是忙到深夜时分，他心不在焉地打着电话，奇怪的是，电话一直占着线，放下电话，他接着忙活，右手摸着键盘，左手打着手机，连续好几次，他终于拨通了，那边好长时间才有一个女子的声音，他大声说道："你们饭店怎么回事？电话老是占线，我是楼上129房间的，给我送份盒饭上来，要好一点的,快点。"好大一会儿,那边一个女子的声音"嗯"了一下,然后挂了机。他觉得这家饭店的服务员有些怪怪的,但顾不了许多,他还得忙自己的工作。

大约过了一刻钟的光景,有人敲门,他懒散地随手打开门,他知道是送盒饭的来了,拿起10元钱,放在桌子上,头也不抬地对她说:"放桌子上,钱你拿走。"

那女子却没有走,径直走到桌子边,随手打开饭盒,屋子里顿时溢满一种熟悉的芳香,那是好些年被自己遗忘的芳香,久违的梦里才有的芳香。

他抬起头,看见一个女子正站在面前,背景好熟悉,竟然是妻子,他不知如何是好,慌了神,他急忙站起身,吞吞吐吐,尴尬万分地请她坐,他还挠着头想着:怎么会是她给送的饭,难道她应聘到了那家饭店,这可不行,传出去都丢人,我家的女人只有享福的份儿,哪有干这种活的?

妻子什么也没说地离开了。那一顿饭,是他吃的极认真的一顿饭,吃着吃着,感觉满脸的泪水无声跌落尘埃,在地面上开花结果。

他拿起手机看时,顿时恍然大悟,是他在忙乱中按错了快捷键,家里的电话设置的是1,而楼下电话饭店设置的却是2,他无意中摁响了1,妻子才为他送了饭。

当他明白所有的这些情况时,他忽然间发现妻子对自己竟然是如此关心,她默不作声地将那些丢失的爱原原本本地放在自己爱的餐桌上,所有的酸甜苦辣只不过是海誓山盟的浪漫爱情中的插曲,那些弥足珍贵的爱,就放在时间的神龛上。

他拿起了电话拨到家里,那边妻子迅速地接了,他向她道歉,告诉她自己不向她承诺来世的恩爱,只想送给她一张今生的汇票,兑现期限是用整个一生。

　　拨错的电话号码，竟然挽回了他濒临死亡的爱情，看来，老天也祝福天下有情人。

爱的尊严

她和他中规中矩地过了若干年后，突然有一天，她觉得眼前这个老实持重的他，有些与自己的生活观与爱情观不太融合，人人都在与时俱进，而她与他的爱如弱柳扶风，没有丝毫的颜色与风采。

她有事没事时便在QQ上闲聊，居然在一个恰当的时机里合适地遇到了初恋情人，他有个极富杀伤力的名字"杀一个少一个"，她青春朦胧的心在那个黑夜被无尽的相思延伸，然后便是眼前那个富态的他，暧昧的他。

她对他说晚上有个约会，谈生意，他傻傻地笑着，注意安全，然后将她的包递给她。在临出门时，她忽然有一种愧疚感，但一想到未来，长痛不如短痛的，她便推开了家门，一脚迈进咖啡厅里。

眼前是风度翩翩的他，人近中年的他握了握她纤细的手，寒暄后将菜谱放在她的面前，对她说随便，今晚他来埋单。她不客气地对他笑着，就像中学时一样的憨笑，她要了几道菜，他添了酒，然后两人在一起共同回味过去的难忘时光。

他们从入学说到分手，从他对她的暗恋说到两人分手时才知原来已经息息相通，从生活的变化说到从业的艰难，他说得泪流满面，一杯杯酒化作点点相思泪，洒在她的眼里，变成感动和怜悯，他说他至今形影相吊，结过两次婚，才知道原来这世上最难理解的就是感情，他说只有同学时的情才是最纯的，最终生难忘的。

几乎同时，他们的手机有短信的声音，她打开来；老公发来的，提醒她注意他，有些男人有一种无形的杀伤力，下面告诉她，他放了300元钱在她的包里，走时要自己埋单。

她笑笑，他是大款，又是初恋情人，虽然沧海桑田，但这种同学时代的情岂是随便能够抹杀的，她笑他的老实与单纯，不懂女人，更不懂男人的心。

他看了短信，皱着眉，然后将手机随便放在桌面上。

他喝多了，语无伦次的，邀请她去包间唱歌，她谨慎地不想去，他便上来拽她的衣服，很轻佻的那种，不像是个生手，无意中，他不怀好意地接近她，满嘴的臭气向她的嫩唇压来。

她抬手给他一巴掌，本能的正常反应，他猛地一愣，对她大叫道："你以为你是谁呀，不愿意拉倒，你这样的我见多了。"

她拿了自己的包，转身就要离开，他在后面嚷道："你懂不懂规矩呀，市面上流行AA制。"她想也没想，从包里拿出300元扔在桌面上，向他猛"啐"一口。

她早就对他有了戒心，因为她看了他的手机，刚发的短信明明是他的老婆，告诉他要早点回家，孩子要补习功课之类的话，这个心如蛇蝎的男人骗了她。

回到家时，她一下子扑进他的怀里，她想告诉他，她再也不会任性，守着幸福却到处寻找所谓的幸福了，其实他不知：是那300元钱，挽回她爱的尊严，她会感动地记住，用一辈子时间。

那个在门口蹲着的男人

记忆里,母亲一直是家里的主宰,父亲和我只是家里的配角,日常活动我们只有听从的份,如果个别人有意见,母亲总会板着脸,将家里的存折如数拿出来,对我们说道:"下面是公选时间,如果有哪位不服气,可以来做家长,存折便归他分配。"

父亲便赶紧低下高贵的头颅,他不敢以小学毕业的可怜去对抗母亲高小毕业的高贵,所以,父亲便拉着我,乖乖地听从母亲的安排。

日子过得紧巴巴的,难免会出现些锅碗瓢盆的交响曲,记忆里,父母亲原来经常吵架的,每次都是以父亲的败北而告终,所以,亲戚们中间便有个"父亲每吵必败"的传言,父亲有时候也会据理力争,但一看到母亲铁青着脸站在眼前,便"不敢高声语,恐惊天上人"啦!

我长大时,父母每逢吵架时,我发现一个奇怪的现象,本来是"棋逢对手,将遇良才",父亲却突然来个180度大转弯,转身离开了,我和母亲都以为他逃跑了,后来一次偶然间,我却发现父亲每次逃跑时并没跑远,他就蹲在家门口的台阶后面,母亲在和他吵架后与我找过他多次,我们每次都找不着他,后来的一次,我们夜晚出门找他时,我突然发现家门口蹲着一个熟悉的男人的身影,我刚想叫他,他却冲我摆摆手。

我一直以为父亲怕母亲，后来的一次谈话使我改变了对父亲怕事的看法，父亲告诉我："娃，你不知道，我原来与你妈吵架时也是不依不饶的，但有一次，我突然发现你母亲有心脏病。她脾气暴躁，禁不住折腾的，从那时起，每次吵架，我便躲起来，一个人是吵不起来的。"

　　我听后泪如泉涌，父亲却告诉我让我守口如瓶，不要告诉母亲。

　　我以为母亲不知道父亲的伎俩，一次在与母亲的谈话中才知道，母亲早已发现父亲每次在吵架后蹲在门后面，只是不想戳穿他的阴谋，她知道，他是为了容忍她的暴躁。

　　照例，我替母亲隐瞒了事情的真相，现在，如果他们再吵架时，我总默默地跟着母亲出去找父亲，到家门口时，我总会看到那个在门口蹲着的男人，他是一位父亲，更是一位好老公。

爱的保温时间

他每天一大早起床,她骑着个人力三轮车,将他送到县城最早去城里的公共汽车上,他每天早上过去,进完货倒手卖出去,然后乘晚上最后一班车回到县城,为了生计,他们必须选择这样辛苦的生活。

他们早已经形成了一种爱的定势,她起床比他早一个小时,她知道他累得很,需要充足的时间和营养,早餐总是很丰盛,一大碗荷包蛋是少不了的,还有一份豆浆,她送完他再拐回来时,是儿子该吃饭上学的时候了。

晚饭时分,她总是安排儿子早早地将饭吃完,做作业,看电视,然后嘱咐他早点睡,然后,通向县城的小道上,总会看到一束微弱的电瓶光照射着前方的道路,无论泥泞抑或风雪,她临出发时,总会拿起保温杯,为他装上一杯热水,她知道他长年在外身体里缺少水分,在外面又舍不得掏钱买,咽炎这一阵又闹得厉害,所以,她绝不能忘了这杯水,这对他是至关重要的。

公共汽车到了,他一脸疲惫地下来,但一见到她,微笑立即掩盖了疲倦,他接过那杯水,一口气喝了个底朝天,然后将杯子转给她放好。

那个冬天的夜晚,天上飘洒着毛毛雪,已经过了最晚一班车的时间,可车子还是没到,她想着可能是货今天出手不好,或者是路不好,车走得慢,她仔细地掂量着种种原因,然后告诉自己再等等,又过了好长时间,街边卖馄饨的小贩也下班了，她依然执着地站在站牌前等他，手里托着那杯至关重要的开水。

大约晚上10点左右，一辆受伤的车趔趔趄趄地开到了指定位置，车上的人下来都在骂着娘，骂这样的天，骂车子偏偏在半路上抛了锚，骂司机与售票员的无能等等。

他不抱任何希望，可能她早已经等不及回家了，他的目光遇见了她可爱的眼，依旧是没有任何话说，只是将杯子递到他的面前，趁热喝吧。

就好像他没有迟到，就好像现在依然是北京时间晚上七点钟。

他接过来，吃力地笑着，然后拧开保温杯子的盖子，冰凉冰凉的水，她不知，杯子的保温功能早已经减弱，今天等的时间太久，杯子里的水早已经结成了冰。

他没露任何声色，一饮而尽，只是在回家时，用手紧紧地捂住自己的肚子，他有多年的慢性胃炎。

这个杯子的秘密保存了多年，直到他因病去世时，她才发现了这个早该被发现的秘密，她无语，只是慢慢地流泪，骂他的傻，骂自己的无知。

保温杯的保温功能是有时间限定的，但爱的保温性能却永远无涯，不管是一年，两年，甚至过了一辈子，当你打开那个盛满爱的杯子时，你会发现杯子里依然是热气腾腾，温暖如往昔。

爱比婚姻的时间长

是谁说的，好像是《金瓶梅》里潘金莲对西门庆说的调情话语：你是我的药。同样的，她在与他相爱、相恋时，她也说过。大概深陷情感深渊中的女子最容易被感动，说出一些颠三倒四的话来，她才上了他的"贼船"，着了他的"道"。

他们的婚姻实在是波澜不惊，早已没有残剩一丝一毫恋爱时的万种风情，他是个画家，整日里不顾东西南北白天黑夜地折腾自己的那些无人问津换不来一点烟火的画作，她则喜欢生活在现实里，每天下班后，便躲到厨房里替他熬粥，粥日日熬，但感情却渐变渐坏。

弱不禁风的婚姻生活延续了两年光景，她与他终于离婚了，她说我们还是分开好，你可以去拯救你的艺术，我可以让自己平静下来，也许当初我们的决定本身就是错误的，我们是两条道上的人，散了吧。

她没再说什么，给他丢下一些钱，另外，给他买了足够两个月吃的方便面，她走了。

她再见到他时，是在半个月后的一个黄昏，古桥边，柳树旁，本是送别人的地方，他却栽倒在满是烟土的尘埃里。他没有亲人，她毅然拨打了120请求帮忙。他醒了，长时间熬夜造成的恶果，她送他回家，又走进熟悉的房间里照顾他，她说："你该找个人啦，你这样子肯定不行的，迟早身体会出事情的。"

他说他不想再连累别人了，自己的臭毛病自己最清楚了，他不愿意自己的婚姻重蹈覆辙。

她走了，临走时却带走了他房间的钥匙，她每天过来看望他，为他带来一些可口的饭菜，还有，她会顺便帮他收拾一下脏乱不堪的房间，她能够记清楚哪一根草一束花长在什么位置，但她却不是这个家的女主人，他们的婚姻已经走到了尽头。

她之所以这样做，只是觉得他可怜兮兮的，没个女人疼。善良的心促使她每天在做着同样徒劳无功的事情，她曾经想着，不去管他了，毕竟那只是一个遥远的过往，但每当她看到钥匙时，总想着，他该起床了，还有，那满床的脏被子，是该搭到阳台上晾晒的时候啦。

他终于成功了，但却被医生判为癌症晚期，她哭着说都是自己的过错，没有注意他的日常生活，才带来了今天的恶果。他说："不怨你，你已经陪伴我度过了一生的时光，虽然我们没有婚姻，但我依然感谢你，我会将自己所有的遗产送给你。"

她一直哭着，最后，她对他说道："你知道吗，爱比婚姻的时间要长，虽然婚姻没了，但爱却依然在继续着，这也是我鼓励自己陪你走下去的勇气和力量。"

世上没有恒温的爱

他是个典型的完美主义者，当初他向她求婚时，就说了许多信誓旦旦的话语，那些在她听来如惊雷般的言语使得她彻底委身嫁给了他，在她看来，他是个有抱负的男人，是个有事业心的好男人。

他的承诺很简单，买一所大房子，买个车子，让她不再受工薪族的煎熬，每天她需要做的只是坐在家里等他，吹吹空调的风，做自己除了背叛他以外所有爱做的事情，当然，这一切的前提是，他们有足够的经济基础。

整日里没白天没黑夜地拼命工作着，他终于在结婚十周年时实现了自己的承诺，望着满屋的琳琅满目，她哭了，那夜，她成了这世上最幸福的女人，她尽情地吹着空调的风，屋子里凉凉的，再也不会有蚊子的叮咬，再也不会有漫漫夏夜的难熬，她辞掉工作，每天待在家里看电视，上网闲聊天，或者是打开冰箱，吃自己想吃的所有食品。

他开始很少回家，她经常一个人寂寞难耐地等待他，直到窗边出现了鱼肚白，他依然没有出现。

突然有一天，她发现这样单调的生活开始不幸福起来，她觉得奇怪得很，这不正是以前自己所渴求的结果吗？但此种境况在眼前一直晃动着，若即若离，她开始担心起他，是否他变坏了，或者是已经变了心，外面的女人听说打扮的都是花枝招展，浓妆艳抹的，也许，他早已经栽倒在哪袭石榴裙下。

那晚，外面下着鹅毛般的大雪，她得了重感冒，感觉屋子里很干，索性关了空调，慢慢地，她睡着了，感觉周围冰冷万分。他很晚才回来，一进屋感觉像进了冰窖里，他直皱眉，摸索着开了灯，看见她正哆嗦成一团缩在被窝里，他上前摸她的脸时，才发现她的脸早已经热的要命。

他要开空调，她却坚持着不让，那晚，他紧紧地搂着她，她在梦里不停地哭泣着，那是一种幸福的哭，一种割舍了空调的爱与温暖。

他忽然间明白了，他给她提供的所有物质，只不过是一件件没有温度的摆设品，原来，这世上没有一种可以保持恒温的爱情，一切都处于变化当中，包括他对她的爱，仍然存活着的只是一种过了时的爱情观。

她病好后，让他答应她，以后不要再开空调了，我不喜欢，我喜欢你晚上搂着我睡，你的怀抱才是世上最温暖的空调。

寻找耳廓的男人

一个男人，事业有成，家有妻室，他过着雍容华贵的生活，但有一点，他却自信心不足，因为他的左耳缺少耳廓，使他从小便被人嘲讽。为此，他一直戴着一顶圆圆的帽子，他不想让自己的自尊心被谩骂和攻击吹到九霄云外。

事业有成的男人，脾气都不小，有时他会打自己的妻子，那个萎缩成一团的女人的耳边，会留下他咬的一道深深的印痕，她有些愤怒地看着他，然后变成一种莫名其妙的笑挂在脸上。

有一天，他突然告诉她，他要出门寻找耳廓，他不能丢掉唯一的自信心。

他遍访名医，许多人摇头，有一些庸医给他出主意，可以为他造一个面包型的耳廓，是肉的吗，他们摇头，他左手一个巴掌打过去，右手一把钱扔在桌子上。

终于，"功夫不负有心人"，他找到一位名医，医生告诉他，如果有人愿意捐给他自己的耳廓，也许还有希望。他以高额的价格寻求出卖耳廓的人，几乎无人来访，他有些灰心失望，半年后的一天，医生突然告诉他，有人愿意卖给他耳廓，价钱是100万美元，他赶紧将钱交给医生。

他终于如愿以偿地得到了耳廓，他理了齐耳短发，故意流露自己失落多年的潇洒与自信，妻子更老了，在门口迎接他，他破例亲了她一口，以向世界炫耀自己的情感。以后的日子里，他开始大手笔地做买卖，做自己想做的任何事情。

他的破产发生在妻子重病前，长年积劳成疾，她已经缩小成一个矮小枯干的女人，他开始时不理她，后来良心不忍，便去医院看望她，回来时，他感觉有些对不起她，有生的日子里，的确是他疏忽了她的情感，那天夜里，他的财产淹没在股市的动荡里，第二天一早，他成了穷光蛋。

要债人蜂拥而来，他无处可躲，那时，妻子刚被送进太平间，他以这样一种借口逃进了医院，医生交给他一把钥匙，说她走时，手里死死握着它。

他回到了家，东找西寻地找到一个大箱子，用钥匙打开时，他惊呆了，里面分明放着 100 万美元的现金。

他忽然想起了什么，拼了命地向医院跑，掀开盖着她尸体的白布，拢起她长长的发丝，他感觉世界在旋转：她的左耳分明失去了耳廓。

合戴的水晶项链

坎伯尔像条幽灵一样尾随着那个贵夫人进入她的家，她的目标直指那条贵夫人脖颈上的水晶项链，那应该是一条斯图亚特王朝流传下来的水晶项链，在这世上，仅此一条。为了下个月的一次重要聚会，现在，她必须做好精密的计划，等待那一刻幸福的降临，因为在那时，将会有人对尊贵的自己表达一生的爱。

坎伯尔以前做过职业小偷，只是这些年感觉疲惫，便金盆洗手不做了，但今天，这条珍贵的项链值得她再次出手。她眼看着那个叫作伯尼的贵夫人进了自家的大门，她的先生——一个高个子的中年人，正在门口迎接她，一个吻后，他们消失在卧室里。

这可是个千载难逢的好机会，坎伯尔眼看着他们进入了卧室，她也潜了进去，她在等待机会出手，好满足自己蓬勃的欲望。

一切果然如己所料，伯尼寂寞难耐地与丈夫在那里偷欢着，后来感觉那条项链确实碍手碍脚的，便摘了下来，放在旁边的茶几上。

后来，他们觉得在茶几旁做这些事情不够浪漫，便跑到了浴池里，这一切，帮了坎伯尔的大忙。

坎伯尔不费吹灰之力便得了手，现在，她果真拥有了这条斯图亚特王朝的水晶项链，她仔细观察着上面的纹路，想起自己的富贵与爱情一穷二白，她激动得要死，当她将这条珍贵的项链戴到自己的脖子上时，她立刻感觉到自己快要飞了起来。

但是，她却不知，伯尼以为自己弄丢了心爱的项链，着急得不得了，丈夫甚至想到了报警，但伯尼制止了他，她说再找找吧，也许真的是忘在某个地方。丈夫唉声叹气地说伯尼粗心，这可是一条价值不菲的项链，不是用金钱可以恒量的。

下个月的某一天，在市政厅的大楼里，举行了一场别开生面的舞会，与会者尽是本市的名流，其中，还有伯特议长和他的女朋友坎伯尔，当坎伯尔戴着那条价值连城的项链出现在众人面前时，所有的人简直为她的美艳惊呆了，他们都为伯特议长的好福气而鼓掌。

正当舞会进入高潮时，坎伯尔突然感动一个熟悉的目光正紧紧地一刻不停地盯着她的脖子，她转动自己的腰肢，看清楚了，那正是伯尼。我的天哪，此时此刻，伯尼与自己的丈夫，正怒目而视着她，令她无地自容。旁边的议长大人感觉有些异样，便问她怎么了，不舒服吗。她说不是的，有一点吧。

正在此时，伯尼的丈夫沉不住气了，他跳了过来，抓住坎伯尔的胳膊，大声吆喝着，这是个小偷，她脖子上戴的斯图亚特王朝的水晶项链，本属于我家的，是我夫人戴的，但是她，却潜入了我的室内，盗走了这条项链，这令我们很尴尬，因为，我的夫人今天晚上没有合适的项链佩戴。

人群中炸开了锅，坎伯尔不知道如何解释，伯特议长小心翼翼地望着她，似乎他真的不相信她会拥有如此名贵的项链。

当事情眼看着就要白热化时，伯尼夫人突然走了过来，她平静地对丈夫说道："我忘了告诉你了，这条项链，是我们合买的。在半年前的一个饰品展览会上，我们同时发现的，我们都很喜欢，但价格确实太高了，于是，我们便每人掏了一半钱合买了它，我们相约每周轮换一次，本周这条项链应该属于她的，下周，它就会回到我的脖子上，就这些，是吧？"

坎伯尔正不知如何自圆其说，看到对面的夫人突然为自己下了台阶，便紧跟着说道："是这样的，议长大人，还有所有的朋友们，是这样的。这是一个误会，的确这条项链是我和伯尼夫人合买的，我们以后每周都会轮换一次的，下一周，你们就能够看到伯尼夫人佩戴这条奇妙无比的项链。"

说完，两道目光紧紧地对接在一起，坎伯尔感到一种劫后余生的后怕感，但此时伯尼的丈夫却怎么也不相信这样的现实会是真的。

下周一的早晨，坎伯尔准时出现在伯尼的家门前，她是来还这条项链的。伯尼夫人亲切地接待了她，当她听说坎伯尔马上要嫁入议长家时，她热情地祝贺她，伯尼夫人说道："这条项链是我们合买的，你忘了吗？下周一的早晨，你要过来取走这条项链，我们会永远成为好朋友的。"

坎伯尔的脸上淌满了感激的泪水，她真的感谢这位夫人，没有捅破她的恶行，但同时，她也在心灵深处暗下决心，永远地做一个干干净净的人。

就这样，她们每周轮换着佩戴这条项链，一切都水到渠成似的安然，没有人发现什么，就连伯尼的丈夫也觉得这一切果真是真的。

合戴的水晶项链，永远地改变了坎伯尔，她嫁入议长家后，开始变得善良温驯，并且和伯尼一起关注着穷人的生活，她们相约将这份秘密永远保守下去，让善良之花永远开放在贫瘠的土地上。

不敢得病的女人

医院的就诊室门前排成了长蛇，我百无聊赖地尾随着一拨拨人流像蚯蚓一样向前蠕动着。我看到一个满脸焦急的女人，脸色蜡黄，典型的像害了某种大病的人，她面对着这条长蛇无可奈何，从怀里拿出手机来不停地看着，仿佛她的时间无比宝贵。

来这里瞧病的人，其实时间都是最珍贵的。要么是得了大病，将不久于人世；要么是怀疑自己得了大病，心生狐疑，更加渴望活着的机会，那女人该属于后者吧。

她终于插了队，几位病人大声吆喝着让她后面排队去，她嘴里嗫嚅着，想解释什么，声音却被淹没在嘈杂的人海里。她几次尝试未果，索性不排队了，坐在旁边的排椅上低着头思索什么，再抬起头时，我看到了她满脸的泪水，抑或是汗水吧。

她终于又站了起来，或许是看到了我那火辣辣的目光，她瞄准了我的位置吧，我赶紧收回我所有的关注，不敢让她意会错了。她果真看上了我，旁边的声音细细地传来，没有一点生机："大妹子，商量点事情吧，一会儿轮到你时，将我的检测报告让医生看看。"

我随手拿过了她的检测报告，自己却没看懂，上面写了一些天文般的符号与数字,我试着问她,得了什么大病。

她说:"好像是胸闷无力,咳嗽,胃疼,什么病都有,说实在的,我害怕自己得病。"

我苦笑,谁不怕自己得病,谁不想好好活着。

我安慰她:"也许没事的,你甭想多了,我可以答应你的要求。"

她不停地用手捂着胸口,剧烈的咳嗽声此起彼伏,我又看到了她那款质地优良的手机,比我的漂亮多了,我便好奇地向她借来看看,她犹豫了好大会儿,然后递给了我。挺精巧的,不可想象般的灵奇,我试着按上面的键时,却没按动,屏幕上却分明有时间在分秒必争地前进着。她不好意思地笑了:"见笑,是假的,我没钱买真手机,这只是块表而已,家里那位送我的,10来年了,他送我的唯一礼物。"

我劝慰她:"你真幸福,挺好的,你爱人是做什么工作的。"

她苦笑起来:"天天与床为伴,与药为伍。"

我怔了:"这什么意思?"

"他呀,8年前出了车祸,留下了一大堆的后遗症,半生半死地赖在床上。"

我看到她的眼圈红红的,说:"我知道你为什么害怕得病了,是为了他吧?"

她点头,"是的,如果我先他一步走了,没有人会照顾他的,一尸就会两命。"

我俩并肩站在一起,从蛇尾攀向蛇腹,最后到达蛇首时,我看到她早已经泪流满面。

当医生告诉她没事,只是普通的感冒时,她发疯般地抱着我狂吻起来,现场的气氛一下子尴尬万分,医生也拿眼睛直瞪她。

半年后的一天，我居然在王府井街口又遇到了她，健康的脸，爽朗的笑，轮椅上坐着她的老公，我向他打招呼时，他的口水正从嘴角无声地淌落。

临走时，我送给她一个长长的拥抱，我敬重她对他固执的呆板的爱，尊敬她不离不弃的精神，同时，我也深深地将祝福送给了她，愿她一辈子不得病，健康长寿，好人好梦。

有破洞的呢子大衣

我新开的服装店来了两位客人,衣着朴素,像是一对农民夫妇,我赶紧殷勤地上前给他们介绍哪些是最新款式,哪些最适合他们。

他们的日子好像有些捉襟见肘,男人猥琐的样子让人可怜,女人倒是有些派头,来回搜寻着目标。

她的目光锁定在一款今年最流行的呢子大衣上,这款大衣标价极高,我不由得皱了眉头。

问明价格后,男人在后面拉女人的胳膊,嘴里说道:"走吧,太贵了,我们买不起。"

女人恋恋不舍地说道:"你也忙一年了,怎么着也得添件像样的衣服吧?"

两人的目光相碰处,我分明感受到空气中一股无奈交错的味道,外面早已经是大雪纷飞,而我却分明压抑得厉害。

他们还是走了,我开始打发自己平庸的生意。

傍晚时分,我看到那个女子踅了进来,她很小心翼翼的样子,回头张望了一番,我百无聊赖地坐在椅子上没动。

她径直走到那款呢子大衣面前,右手从袋子里拿出了握了半天仍有些余温的厚厚的脏脏的一沓零钱,我数了半天才理清楚,天啊,这是我头一遭收如此多的零钱。

我准备为她包装衣服时,她却从口袋里拿出一枚刀片来,在衣服的口袋处轻轻地划了一个破洞,我疑惑不解,心里想着这女人是不是有病,好好的衣服,这不是在破坏我店里的声誉吗?

我想制止她,但她已经完成了任务,长出了一口气。看到我愤怒的眼光,她对我说道:"大妹子,对不住了,我不想让他知道这呢子大衣是完整无缺的,他又要嘟囔我乱花钱。另外,如果我那口子来问了,你就说这大衣有毛病,只收100块,多谢啦。"

我感到自己的灵魂猛地一颤,眼泪沿着她的背影走出好远后,零乱地摔碎在冰天雪地里。

爱的特快专递

女人剧烈地咳嗽着,男人慌里慌张地翻找着所有的抽屉,终于找到了治咳嗽感冒的药,但他仍然感到有些遗憾,女人平日里吃的那种特效药,由于自己的疏忽,已无库存。

女人平日里身体不好,小时候落下的病根,一遇阴冷下雪的天气便会咳嗽不止。他们的生活捉襟见肘,买不起空调,男人经常为此"一声叹息"。

男人急忙扶女人起来,将药给她喂了下去。10来分钟后,药力可能起了作用,女人安稳了许多,她招呼男人:"把我的公文包拿来,明天一早我还得出差。"

男人答应了一声,嘴里说道:"天太冷了,你又病着,请个假吧。"

女人苦笑:"那哪行,这趟差事非去不可,我已经答应客户了,没事的,放心吧,我这是老毛病了,心里有底。"

男人遗憾地低下头,忽然间猛捶自己一下:"都怪我,那种药家里没了,我早该想到今天会下雪的,白天没去买,要不我马上去吧。"

女人阻止了他:"外面大雪纷飞,卖这种药的地方至少得在4公里以外,别去了,睡吧,说不定我出差的城市就有卖的,没事的。"

女人在男人的怀里睡着了,男人却睡不着,心里一直骂着自己无能,对老婆关心不够，他想着想着，突然眉头一皱，计上心来。

他起了身，将沙发上放着的一床被子叠成一个条状，然后放在女人身旁，女人动了动身，搂着被子睡着了。

男人出来时，已经是子夜时分，外面纷纷扬扬的大雪弥漫着这座无一行人的小城，他的目标是四公里外的一家药店，只有那里才会通宵营业。

4公里的路程，本来不算长，但雪深如悬崖，几次将男人滑倒在地上。

5个小时后男人回到了家里，怀里揣着10来盒那种特效药，女人正熟睡着，睡梦中说着呓语，偶尔会有几声咳嗽打破这个宁静无涯的夜。

男人从抽屉里轻轻掏出一个特快专递袋来，他在上面胡乱地写着什么，然后将那几盒药塞进特快专递袋里。

男人一夜未睡，6点多的时候，他开始为女人做饭，然后假装有人找似地开门对着雪花说了会儿话，随即手里拿着那份鼓囊囊的特快专递跑了进来，他像个孩子似的大声呼喊着："亲爱的，起床了，有救了，药。"

女人早就醒了，只是觉得喉咙痒得厉害，赖在床上没起来，听到男人吆喝，她抬头看着一脸兴奋的他，他继续说道："我给忘了，我托喜顺给你捎药了，今天早上刚到的，用的特快专递，看，够你吃一阵子了。"

女人也兴奋不已，迅速地起床、吃药，然后男人徒步送她去远在3公里外的火车站。

男人在寒风中挥舞着手，女人的眼角淌满了晶莹的泪水。男人回来时却找不到昨晚买药的发票，他嘴里喃喃自语着："丢哪儿了，老糊涂了。"

男人于3天后收到了一份特快专递，是女人从另一个城市邮来的，里面有一条温暖的白围巾，女人在信里写道："有了这条白围巾，相信你僵硬的脖子不会再害怕这个寒冬。"

　　随信跌落的,是一张雪白的发票,时间是4天前的那个深夜,内容是那种特效药。

藏在鞋子里的爱

邮局一上班便会忙得乱七八糟，作为一名老员工，我早已经习惯了这样节奏明快的生活，我熟练地分派着部下开始今天的工作。

快到正午时分，大厅里的人稀少起来。隔着厚厚的玻璃窗，我看到一位老人佝偻着身躯走了过来，他也许分不清如何办理相关手续，张望了半天的光景，一号窗口的小张向他打招呼，问他需要什么帮助。

他支吾了半天后，我才弄明白了，居然是聋哑人。小张不耐烦了，大声吆喝着。我用眼睛使劲地瞪他，心里想着等会儿再收拾这个浑小子，顾客不论贵贱，都需要我们用全身心地去尊重他们，更何况他是明显的弱势群体。

幸好，我大学时学过几天哑语，当时也是心血来潮，没想到今天派上了用场。隔着玻璃窗，我打着手势问他需要什么帮助。

他诧异地望着我，也许他不相信邮局里居然有人能够听懂他的话。他凑了过来，两手比画着告诉我，他要邮钱到家里，给自己的妻子。

原来如此，我使了个眼色让小张撤出来，我坐在一号窗口前，这里正好可以办理汇款业务，我在等他递钱给我。令我大为吃惊的是：他扶着椅子弯下身去，将鞋脱了下来，然后警惕地向四周瞅瞅，确认安全后掀开鞋垫，从里面拿出一沓零碎的钱来。

当他颤动的手将钱递给我时，说句实话，我能够清晰地闻得到那股脚臭味。他不好意思地比画着："路远，害怕小偷，妻子教给我的。她在家里教育儿子，儿子很听话，在上高中，我在本地打工。老板好得很，每月可以挣到600元钱，除去100元零花外，还可以邮五百给她。"

我花了半天工夫才帮他办理完相关手续，他很感激的样子，不停地向我鞠着躬。我有些不好意思地告诉他，这是我的本职工作。已经走了很远了，他还不停地向我挥着手，我突然间感觉眼眶里濡湿一片。

从那天起，我教育我的下属开始学哑语，大家很不情愿的样子，觉得我有些小题大做，我怒斥他们，直到他们学会为止。

每月的同一时间，他总会准时前来汇款，依然是脱鞋，掀鞋垫，依然是一沓零钱，可能是将脚硌疼了，他弯下身来，不停地揉着脚。

无论他到哪个窗口，都会有人在冲着他打手势，他眼里闪现着感激的泪花，他鞠躬至地的背影让我们所有人潸然泪下。

已经许多年了，我依然记得那位憨厚如山、朴素如树的聋哑老人，他用真心为我演绎了一份藏在鞋子里的爱，让我不忍卒睹，而又不得不顶礼膜拜。

爱与不爱

深夜时分，忽然接到家里来的电话，电话那头母亲焦急地说道："快开车来，我要去你家。"然后"咔嚓"一声挂了电话，像一只好看的苹果掉进了水井里。

我知道两位老人可能又吵架了，以前父母有着"汗牛充栋"般的吵架史，两人总是"分久必合，合久必分"的样子，但没有想到今天会将版本升级。

风风火火地开了车到家，母亲早已经换好着衣服在门口等我，我说："我爸呢？"母亲说："你爸正盘点战利品呢？"我说："去屋里打声招呼？"母亲说："不用了，分开点好，他现在正春风得意地打扫战场呢。"

我载着母亲回家，嘴里想说些什么，但又不知如何开口，后来只转为了一句话："妈，爸脾气不好，你们是不是又吵了？"

母亲不回答我，只是转身拨了个电话给妹妹："三儿，你晚上去看着你爸，别管我，我去你姐家啦。"

母亲还是放心不下父亲。她打这个电话让我原本悬着的心落了下来，让妹子去看着父亲，其实是嘱托父亲按时吃药，我心里面暗自笑着。

母亲在我家里住了一周时间，每天里电话拨个不停，就是不给父亲打，她问妹子："你爸吃药没？晚上还失眠不？"妹子在那边说道："爸说想你呀，不知道该吃哪些药？还说晚上睡不着。"

母亲在这边嚷道："听他胡说，他失眠是因为吃药的副作用，与我在不在没有任何关系，他与我吵架的劲头可大着呢！"

我抽空问母亲："吵架是谁挑起来的？不会是爸吧？"

"哪儿呀，"母亲笑道。"是我挑起来的，你不知道，他这些天烦得厉害，由于吃药副作用的缘故，老是失眠，而我呢，爱打呼噜，几十年的老毛病了，改不了，战事便由打呼噜而起的。我离开你爸的目的也是想让他安宁下来，晚上听不见我的呼噜，他会睡得安生点，总在一块儿，碰撞是难免的。"

我说："妈，所以你才挑起战争来，神不知鬼不觉地让爸上了一当，其实呢，是为了他好。"

果不其然，过了几天，妹子打电话说爸现在睡得安稳了些，妈不在，他倒记得按时吃药啦，心情也舒畅了许多。

母亲听完后，马上命令我送她回家。我说："你不想让爸安生啦？"母亲说道："哪儿呀，你爸的药该下个疗程啦，我不回家，他连药都不知道如何配。还有，下一阶段的药不会让他失眠，所以呀，家中暂无战事。"

原来，最聪明的爱人，知道该什么时候去爱或者不爱。

意外的爱

别克是在10公里以外的家里得知米丽出车祸的消息的，他发疯似的向事发地点赶，路上，他祈祷着上帝能够保佑自己的妻子米丽千万别出危险，这导致他的开车技术出现了严重问题，几乎撞翻了路旁的一辆农用车。

到时，才知晓，车上坐的30余人几乎全部罹难，只有3个人正在医院里进行着最后的抢救。

别克和许多家属们焦急地守候在手术室门口，他们都想知道是否自己的亲人也在其中。

一盏灯迅速地灭了，医生出来摇了摇头，等候在外面的家属们眼泪汪汪地；另一盏灯又灭了，家属们有的甚至咆哮起来，嘴里面骂这样一个雪天，骂司机的无德；现在，只剩下最后一盏灯亮着，别克将心提到了嗓子眼。

那盏灯始终没有灭掉，家属们眼巴巴地望着这扇大门，心里面都祈祷着里面躺着的会是自己最爱的人。

病人出来了，别克远远地看见病人露在外面的手，纤细修长的手指，特别是那枚手镯分外耀眼，那是结婚时，自己送给米丽的，是米丽，没错，就是她。

别克甭提有多么高兴了，唯一的希望居然留给了自己和米丽，这显然与自己平日里多做善事有极大的关联。"如果真的是米丽，如果她能够顺利康复，我将捐出家产的一半给慈善机构。"别克从内心里兴奋地向上帝做出这样一个铁骨铮铮的承诺。

病人的头部与脸部受到了严重碰撞，虽然暂时脱离了危险，但她依然需要被送到重症监护室里，别克认定那女子就是自己的妻子米丽，他与医生配合着，一边流着泪，一边不停地喊着米丽的名字，让她坚持住，"我是别克，会开车的别克，与一个著名车品牌一样的别克，永远爱你的别克。"

旁边的护士小姐眼泪也扑簌扑簌地向下落着，她们为她有这样一个可爱的老公感到欣慰。在这样的境况下，能够不离不弃地给予病人希望，真的是难能可贵的。

因为病人无法说话，既然别克已经说出了她的名字，护士便在病人的登记表上面郑重地写下了米丽的字样。

事故结果统计出来了，全车32人，只有一个叫米丽的女孩暂时脱离了危险，其余的31人，全部不幸离开了人间。

这则消息公布后，隔着重症监护室窗口向里面探望的别克哭出声来，他感谢上帝能够给予米丽死里逃生的机会，1/32的存活概率，让米丽享受到了，别克盼望着米丽能够醒过来。

米丽的伤主要是头部，医生曾经告诉别克："你要做好最坏的打算，即使她醒过来，也有可能失忆，你要有思想准备，否则你会受不了的。"

别克告诉医生："能够让米丽活下来，我已经很高兴了，如果她真的失忆了，我也会好好疼爱她的，我不会让她独自一个人承受痛苦。"

米丽果然醒了，但她几乎不认识别克，她说自己叫惠妮，不叫米丽，还说别克是个坏家伙。

别克还挨了米丽的打，这有可能是记忆失控导致的错乱症，别克早已经做好了准备，他除了劝慰米丽外，便是一刻也不停地为她朗诵自己以前为她写的情诗，听得躺在病床上的米丽有些不耐烦。

别克意外地记得，米丽的小名好像就叫惠妮，可能米丽的记忆停留在童年的某个瞬间，只朗诵情诗是不行的，只会让米丽加倍地讨厌自己。

不行，别克下定了决心，与米丽的母亲通了将近两个小时的电话，他只是问一些关于米丽童年时候的事情，问她的乳名是不是叫惠妮，当然，他对岳母封锁了所有关于米丽受伤的消息，他不想让更多的亲人难过。

米丽的母亲在电话中告诉别克，她的乳名不叫惠妮，而是叫春妮，她还讲了米丽小时候的许多趣事。

别克喜出望外，他准备了好长时间，分别将它们写在手稿上，一边背着一边默诵着，他不想让米丽以为自己是个傻子，只是在米丽安静的时候便开始为她讲述以前的往事，讲到动情处，米丽居然也掉下伤心的泪水。

米丽的外伤恢复得很好，半年多工夫，除了脸部的伤外，其余的伤均已经复原，只是脸部确实已经毁了容，为此，别克藏起了所有的镜子，包括病室里大衣柜上的镜子，他也要求护士将它拆除了。

米丽对此十分戒备，她不停地用手抚摸着脸上的伤疤，嘴里面说着以后怎么出去呀之类的话。

别克便对米丽说道："没事的，我们可以去整容，我这些天一直在联系此事，会让你变得比原来还漂亮。"

"不，我只要求恢复到原来的相貌就行，我原来长什么样子，我怎么想不起来啦。"

　　米丽的脑部依然没有复原，她的记忆依然残缺不全，有时候说出的话会让人不知所以，不过，在别克的悉心照料下，她已经恢复得十分喜人啦，护士小姐对别克的举动十分赞赏，有时候还和米丽开两句玩笑，说她找了个好男朋友。

　　别克于某日在家里打扫卫生，他想整理一下米丽过去的衣物，以便于她出院后有个准备，意外地，他却发现了一枚手镯规规矩矩地躺在抽屉里，这不是结婚时自己为米丽买的那枚手镯吗？她不是一直戴在手上吗？

　　别克感觉云里雾里的，还有另外一枚吗？不会的，仔细地看，这的确就是自己当初为米丽买的那枚，那么，米丽现在手上戴着的又是谁送给她的呢？

　　带着这样的疑问，别克于米丽熟睡后将那枚手镯仔细地端详，他大吃了一惊，这枚手镯虽然与自己买的那枚十分相似，但毕竟是两种产品，她，难道不是米丽？

　　这样的设想一抛出来，别克感觉如坐针毡，为了印证自己的设想是否属实，他利用一个恰当的时机，检查了米丽的左耳后面是否有一颗黑痣，结果是悲惨的，没有，她确实不是自己的米丽，她只是与米丽长得十分相像罢了。

　　别克仍然不死心，他到了警察局，翻看当日所有逝世人员的档案，终于，有一个名字引起了他的注意，有一位母亲在一个死亡人名字后面签了名，那人叫惠妮，并且这位母亲已经领回了自己女儿的尸体。

　　天啊，果然出了差错，别克接下来开始去查找所有关于惠妮的资料：惠妮，20岁，以前无恋爱史，只有一个母亲与自己共同生活，母亲在惠妮去世后悲愤交加，于女儿去世三月后与世长辞。

别克的泪水瞬间淹没了自己的眼睛，去世的不是惠妮，而是米丽，她们只是皮肤、个头、头发包括身材长得十分相像罢了，她们根本就是两个人，都怪自己当初的意识出现了问题。

不行，我不能瞒着惠妮，的确是自己的疏忽，自己首先抢得了先机，才出现了这样致命的错误，如果不是自己当初的错误判断，警察局里可能会有另外一种卷宗，惠妮可怜的母亲也肯定可以与自己亲爱的女儿相亲相爱。

别克下定了决心要让惠妮恢复到原来的容貌，他选了好些张以前惠妮贴在互联网上的照片，他决定让惠妮自己选择，并且在一个恰当的时机告诉事件的真实经过，他会听任惠妮惩罚自己，都是自己的任性导致的错误。

惠妮看到自己的照片后，摇头说不行，自己以前不是这种相貌的。别克努力给她解释，他告诉了她所有的实情，说自己当初弄错了，惠妮听到了，只是一个劲地摇着头，说："想不起来了，你不是叫别克吗？你告诉我的，你半年多一直在照顾着我，我喜欢你。"

别克再也没有其他话讲了，他想着，只好如此吧，等机会吧。

忽然有一天，惠妮举着一张照片告诉别克，"我找到自己了，就是这张照片，就按照这张照片为我整容吧。"

别克看照片时，忽然间泪流满面，那是米丽的照片，一直藏在自己上衣口袋里的不知何时，掉在床上，被惠妮找到了。

"惠妮，我会好好报答你的。"别克的喉结不停地悸动着，他不知如何向惠妮解释。

"不，别克，我叫米丽，今天郑重地纠正一下，我想起来了，我的确叫米丽。"

惠妮斩钉截铁地说道。

戒口

山盟过后,海誓逐渐成了一个古老的传说。这是哪位哲学家所说的?但目前正在男人、女人身上做着最适合的印证。

男人、女人在分东西,他们结婚时的东西,原因很简单,因为他们的爱情就像窗台上放着的玻璃瓶子,一不小心,碎了满地芳华。

"一切都给你。"男人说话斩钉截铁,他一直是一个男子汉的形象。

女人没有多说什么,而是坐在床沿上,望着戴在左手无名指上的戒指出神。

这枚戒指跟随了她七年的光阴,是恩爱到深处时,他送她的,如今也已经有些黄色的斑点,这就是岁月的印痕吧。

她想了想,没有再犹豫,"这个得给你,你送的东西,你也许可以送另外一个你喜欢的、不婆婆妈妈的、不喜欢挑你毛病的女人。"

女人往下褪戒指,可戒指由于戴的时间过长,已经摘不下来了,女人忙乎了半天工夫,将无名指的肉皮快蹭破了,依然没有成功。

"不用了,算是纪念吧,分手过后,我们还可以是朋友。"

分手的当天晚上,在女人的蜗居里,女人一直在下着工夫试图拽掉无名指上的戒指,可它就像一块磁石,牢牢地吸在自己的肉体上,永远无法分开。

女人于第二天去找了修戒指的,修戒指的师傅问她,"女士,需要整理戒指吗？可以镀金，镶银，还可以修饰得就像原来一样。"

"不，我是来拔戒指的，求您将我无名指上的戒指去掉，它已经生了根。"

师傅十分诧异地望着面前这个饱经风霜、风华不再的女人，他看了半天后，说道："没办法，除非伤了手指头。"

也许这就是爱情的残酷性吧，到了最后，必须以流血终结。

女人无话，只是看着风流过地表和人海。

朋友打电话过来，她欲哭无泪，然后说到戒指的事情。

朋友问她："为什么吵架？他外面有人啦？"

"没有，他哪里敢呀，老实巴交的，都是些柴米油盐的事情。"

"老妹呀，你傻呀，这样的男人往哪里找去，好好想想吧，戒指也不想让你们分开的，不然为啥拽不下来，也许，这是你留下的唯一借口。"

借口，戒指，戒口，女人那个晚上突然间破涕为笑。

女人打电话过去给男人，"落东西在家里了，能过去拿不？"

男人说："钥匙不是在你手里吗，东西没动。"

女人回家时，男人正窝在洗手间洗自己的陈年旧服，他一向没有洗衣服的习惯。

男人满脸满手都是白色泡沫，活像个大雪人一样冲了出来。

两个人相视一笑，什么话也没说，女人一步跨过去，搂住男人的腰，此时此刻，不需要任何华丽的辞藻与理由。

男人问她："落什么在家里啦？"

"落了你，我来取走。"女人幸福地哭泣起来。

女人告诉男人，戒指留下了戒口，既然取不下来，就证明我们的爱情没有结束。

男人心疼地看着她左手的无名指已经红肿，"你呀，太任性啦，以后就不用取下来了，永远不要取下来。"

男人动手想给女人包扎，女人阻止了男人，"不用，已经快好了。"

男人不知，女人于前天晚上费了许多气力取下了戒指，她看到一道深深的印痕永远地长在手指上了，就好像他们的爱情未完待续一样。

她不想让男人知道这样的过程，她希望戒指永远取不下来，哪怕长进肉里。

水土不服的爱情

她尾随在他的身后,像一只可爱的小猫咪,暂别了雍容华贵、空气怡人的江南水乡,为了爱情,去了北国冰城。她曾经这样想过:自己的爱情是否也会水土不服?桔生南方则为桔,桔生北方则为枳了,自己这颗南方娇小玲珑的"小金橘"是否可以适应得了北风的凛冽和肃杀?但只要有爱,一切都已经无足轻重了。

但刚刚进入北国凛冽的寒风中,她便病倒了,是那种浑身无力的痛。他心疼得不得了,守在床边嘘寒问暖的,生怕她这个异乡客感到生分;但一种委屈还是油然而生,想起南方和煦的阳光,感受着手脚上的痒和痛,她禁不住便骂他,打他,责怪他为什么不留在南方,偏偏为了父母一纸书信便将他们的爱情换了个方位,还说我们是为自己活的,不是为了你的家庭。

在将近四个月的爱情折磨中,她下定了决心,不想再这样维持下去了,她想提前卸载他们的爱情。

正当她左右为难时,他却出现了,高兴地说道:"父母已经答应我了,我陪你回南方去,为了你,还为了我们的爱情。"

她几乎是泪如泉涌,与他一起去拜别二老,马不停蹄地离开。

南方的空气逐渐掩盖了她的冷漠,她的皮肤开始恢复弹性;他却装作若无其事的样子，每日里学着南方的炒菜，不再大口大口地喝酒，学会了小资。他的适应能力居然如此之强，她禁不住跟他开玩笑说："你太适合南方了。"

她其实不知，他是为了他们的爱情，才鼓励自己适应这里的生活，多少个不眠之夜，他思念着北国的家乡，多少次梦见父母的白发在疯长。

两年时间里，他们相敬如宾，他一次也没有提出过回北国的念头。

有一次，她翻看他的手机短信，竟然发现了他与父亲之间的一连串对话，从一年前就已经开始了，内容居然是他父母身体不好，希望他能够回来，他与父亲约定了两年时间，只要时间到了，他无论如何都要回家侍候二老，屈指算来，他回家的日期已经不远了。

想到他为自己所做的牺牲，她突然间感觉自己是否太自私了，爱情是双方共同呵护的一个巢，而自己却天天享受着爱的温暖，让他独自承受着不能承受之痛。

晚上时，她意外地说道："我们回冰城吧。"

"你不害怕水土不服吗，还有北国的寒冷？"

"我已经锻炼了非常强的适应能力，水土不服是相对的，心灵的依靠坚持才是绝对的，不信，我们打赌，给我一辈子时间。"她伸出了手与他勾小指头。

他怔怔地，愣了半晌后，搂住了她的身体，潸然泪下。

水土不服的爱情，以理解做底，灌体贴之水，施坚持之肥，这才是最适合爱情生长的土壤。

12朵爱情黄玫瑰

她觉得他们的爱情已经接近了山穷水尽，没有一点共同语言，他纵谈国际大事，她会说他吃饱了撑的，现实点好不好。他总会黑着脸反驳她：国家大事不可以管吗？她横眉冷对他：一小家还管不好，何以管天下？

他们结婚12年了，婚姻这部车怎么着也应该磨合好了吧，可新的故障层出不穷，看来，他们的结合真的有些勉强。

她决定离开一段时间，多病的母亲在另外一座城市里孤独地生活着，她想去陪陪母亲，顺便，让他们的婚姻降降温。

漫天的飞雪令人有些心寒，她整日里躲在屋里陪母亲唠些旧事，母亲健忘，但依然记得她结婚时的事情，母亲说他是个好人，就是有些老实，现如今，老实的男人不适合事业，但绝对适合婚姻。

她隐隐想起旧事来，那个时候，他们的经济状况不算阔绰，但每天他总会变着法子迎合自己的浪漫，有时候会叠一只纸飞机，她会小鸟依人般地依偎在他的身旁看飞机翩翩如鸿。

那一年的情人节，他们的生活拮据，他们走在大街上时，突然间发现都市的夜晚十分美丽灿烂，无数的红男绿女，捧着鲜艳的红玫瑰炫耀着他们不可替代的爱情。可是，他摸了摸口袋，捉襟见肘地不足以支付一朵红玫瑰的钱，他拉着她走了好几条大街，终于，他的眼前一亮，他买了一朵黄玫瑰，便宜但照样可以代表真挚的爱，她将沮丧扔给了天空，而将欣喜永远地种在了心田。以后每年的情人节，他都会送给她别致的黄玫瑰，虽然它的价格已经远远超出了红玫瑰，但他们依恋着那份感觉。

可时光真是一种折磨人的东西，它使她的爱情观发生了变化，让她不再憧憬那份浪漫与执着，而是喜欢更加现实的物质享受，可是他伸出手来，却什么也不能施与。

漫天的飞雪中，她突然感觉肚子奇痛，她知道自己的旧病发作了。每逢冬天，他都会给她煲玫瑰茶，干干的花，与水煮在一起，她整个冬天的例假便会如约而至，如今，她感到身体支撑不了。

大雪依然纷飞着，第二天一早，推开冬天的大门，雪足有50厘米厚，百年难遇的暴雪袭击了这座小城。她手指有意无意地翻动着手机，却意外地拨了他的电话，在无法接通状态，再拨，依然。

她开始胡思乱想起来，想着他的好，想着距离真的可以产生思念。

午夜时分，突然有人敲门，推开门，惊异万分，是他，鞋子早已经湿透了，帽子像个飞碟，整个人狼狈不堪，怀中一个小包裹却保护得体贴入微，打开来，是12朵干涩怡人的黄玫瑰，那是他每年送她的礼物，她以为早被他扔掉了，没有想到，他却将它们保护得如此精心。

他坐在温暖如春的小屋里为她煲黄玫瑰茶，他娴熟地操作着，不大会儿，满屋的清香可人。

12朵爱情黄玫瑰，让她的心瞬间从高端落到尘埃里，重新认识到爱情只是一堆柴米油盐的日子罢了，爱的就是那种烟火气息，浪漫是次要的，实惠、健康才是主要情调。

第四辑

一辈子只用一次浪漫

爱情的最佳参数记录：温度：30摄氏度；湿度：50%；最佳饮用时间：饭前10分钟；最长的营养时间：一辈子。只用了一次浪漫，他便收拾了她不可臣服的心。

爱的180度

她用了近一夜的时间设计一个属于爱情的报复圈套，她要让他钻进去，让他知道什么是偷情的代价。在此之前，他用他的执着和不可一世敲开了她离异后早已经孤独无味的心，心门已经打开了，他却扔下了她跑进了另外一个世界里。

她拨通了他的手机，问他，"为什么离开我，给我个理由。"

"也许是选择错了，现在才觉得不适合。"他的话掷地有声。

就这么一句再平常不过的话，想打发她，哪有这么便宜的事！

她记得他追她时的场景，她与女友每天会路过一座小桥，他就守在桥墩下面，不分时间地等，只不过想给她一份意外的惊喜。有一次，下大雨，他大病一场，她守了他三天三夜，醒来时，他第一个呼唤的人依然是她。

她本来早已经退出了感情的江湖，前夫离开自己后，她早已经不再奢谈爱情，直到他的横空出世，在某一个寂静的黄昏，她满怀欣喜地掏出了早已经尘封许久的嫁衣，她好想穿上去，与他一起踏破红尘路。

命运拐了个弯，她没有想到女友会变成自己的情敌，女友是个大龄，至今未婚，她没有想到她会爱上他，而他呢，面对她的爱情攻势居然会轻易改变对她的爱情誓言，用他的话说，相比之下，她更合适。

她岂不是更好，没有结过婚，感情单纯。她啐了口唾沫在地板上，继续盘算着自己的反击计划。

电话响了，却是前夫打来的，他一口一个道歉，弄得她云里雾里。

她问他怎么了，离婚了不要再纠缠了。

他说道："也许是选择错了，现在才觉得不适合？"

难道爱情也有方向性，她和他真的不适合，难道女友与他才是命定的爱情方向。

前夫继续纠缠着："我本以为离开了你，遇到一个更好的不唠叨的女人就是一种幸福，现在却发现，我已经离不开你的唠叨，你的身影无时无刻不萦绕在我的脑际，让我挥之不去，我曾经试图改变这种状态，但去不掉，你的一问一答一颦一笑，甚至怒吼，都已经牢牢刻在我的生命里。"前夫最后哽咽了，看来，他是动了真情。

挂了电话，她若有所失，但又好像收获了什么。

她拨了他的手机，那边一个急促的声音："真的对不起，我不愿意欺骗你，我们真的不适合，我不想欺骗你我的感情，既然已经知道错了，就应该拨乱反正。"

她淡淡地说道："祝贺你，真心的。"

我们总会爱错一些人，表错一些情，你得允许，爱情有一个180度的转弯，有时候，彼此尊重不也是一种爱吗？

前夫的电话又来了，他问她，人非圣贤，孰能无过？

她回答他：然也。

一辈子只用一次浪漫

他也老大不小的年纪了，不是不想爱，只是没有遇到合适的。母亲的言之谆谆每日响在耳畔，让自己本已僵硬的心逐渐软化，直至变成一种渴望。

终于一个天降契机，他遇到一位让自己一见钟情的女孩子，女孩言辞激烈，经常将他逼到无法收拾的边缘地带，他想反驳她，可话到嘴边却欲言又止，他好想告诉她：我已经爱上了你，但苦于口拙，无法将藏在内心深处的感情释放出来。

他是一位搞设备的工程师，这样的专业造成了他爱动手不爱动口的习惯，而在恋爱阶段，这是怎样的一种弱点呀，哪个女孩子不喜欢浪漫的语言，不喜欢风花雪月的追求方式，而她呢，却只能在电视剧中品尝其中的况味。

他为此苦恼，朋友们出了许多靓丽的办法，有的说干脆直截了当地告诉她，现代人的生活方式都是直接表达；有的说找个媒人吧，原始的方式虽然简陋，但照样成就了一代人的梦想，他听后，都——拒绝。

回家时，母亲在整理相册，大多与父亲有关。

他看到一本病历，厚厚的，"咦，谁的病历？"他问母亲。

母亲说："这是你父亲的病历，他在世时经常有病，多亏了我，当年，我爱你父亲，却不敢表达，后来，见他多病，便做了一个小册子，留下他每次生病的记录。你猜如何？后来从这些参数中，我竟然找到他生病的规律，后来将这些数据提供给医生，竟然治好了他多年不愈的病，也许是爱的力量吧。当时，我的母亲坚决反对，但当我将这本小册子送到她面前时，她哭了，最后点头答应了我们的婚事。"

"朋友们都说，我不会浪漫，不懂得甜蜜，但我只用一次长久的浪漫，却令你的父亲一直爱着我。"

母亲最后说道："有时候，浪漫是造出来的，就像你们做机器一样。"

他那夜突然间顿悟了，为母亲的良苦用心，也为他们朴素的浪漫爱情而感动。

他用了一夜的时间，去煨一锅鸡汤，既然言语表达不了对她的爱，那何不利用一下物质呢，物质才是精神永恒的基础。

他将鸡汤端到女孩子面前时，附带着一张纸条，上面这样写着：

爱情的最佳参数记录：温度：30 摄氏度；湿度：50%；最佳饮用时间：饭前 10 分钟；最长的营养时间：一辈子。

只用了一次浪漫，他便收拾了她不可臣服的心。

爱情园丁

我所租的房子旁边，有一所旧式的庭院，门前蓑草连天，主人是一对夫妻，他们天天吵架，好像在故意与我的灵感作对，我每每搁笔，任凭自己的天空里出现他们不和谐的声音。

我曾经借故访问过他们，当时他们的战火正酣，女主人在扔东西，男主人在旁边捡拾，嘴里面还说道："你拿东西出什么气，结婚20多年了，你扔的东西都够一个家具市场了。"

我好想冲上前去，用我的言行劝止他们，但我脆弱的身躯没有敢越过雷池，我害怕他们向我索要经典爱情的案例，而我呢，也刚刚从夫妻的战海中脱离。

情人节前夕，我的爱人在美国居然破例给我邮来了一大捧的玫瑰，我爱不释手，但无处安放，后来索性想到做一件好事，我便将玫瑰放在了他们家的屋门口，并模仿男主人的笔迹附了一张字条，大致内容是说祝女人情人节快乐。

女人回来时，我隔着门缝张望着，我生怕自己弄巧成拙。

但女人的脸色告诉我，她选择了兴奋和激动，嘴里面念叨着："太阳从西边出来了，这么大一捧玫瑰，得花多少钱呀。"

我借机祝贺她，她一脸幸福，这个死鬼，居然记得明天就是情人节。

他们的关系竟然好转起来，几天后的一天，男人要到远方出差，女子破例送他，依依不舍的样子令我动容。

几天后，男人回来了，为女人带了礼物，小屋内瞬间熠熠生辉，他们拉了我吃饭、喝酒，让我这个外乡客受宠若惊。

可是好景不长，他们的爱情又出现了问题，我觉得又是我该出手的时候了。

我分析了他们爱情不长久的原因，烦琐的工作、复杂的生活，他们生活中没有生机，我便变着法子淘弄一些花儿送给他们。

我今晚弄一棵，明晚弄一棵，才几天工夫，我家门口、他们家门口，便成了春天。

男人与女人出门时，迎面便是满院花香，他们的脸上马上有了喜色，好美的花呀。

有一天，看到男人时，我对他说道："大哥，你好福气呀，这么好的嫂子，得珍惜呀，我有个好主意，你看这些鲜花，如果能够每天变换着法子带给她一份快乐，何乐不为呢？"

两个大男人为此计划了半天，我们趁着黄昏去外面买花，然后费尽心机地将花朵栽在庭院里，在妻子眼里，这全部是他的功劳，她每次都回报给他一份笑容。

这为我的创作带来了生机，在安宁的春天里，我的灵感如山泉奔突，如春鸟啁啾。

女人不知道，我一直是他们的爱情园丁。

爱情的成本核算

女人在和男人吵架，女人爱摔东西，不可一世地，满腔愤怒地，不大工夫，地板上便一片瓦砾，"什么值钱摔什么，让你小子与我吵，让你气我。"

男人则在旁边不断地躲避着，但总会有几片碎片迸射出来，溅到男人的细皮嫩肉上，瞬间便让男人的肌肤开了花，鲜血直淌。

男人到医院包扎伤口去了，女人则住进了朋友家里，医院方面来了电话，说伤口严重感染，让她过来，她忙不迭地赶了过去，掏了大笔的医药费后，她搀扶着男人坐公交车回家。

男人进行了总结，说："每次吵架的代价是相当大的，就拿这次来说，我上医花了近1000元，够我半个月工资了，摔坏的东西我统计了一下，足足有1000左右，一次吵架就花费了我们近一个月收入，太不值当了。"

"都怨你，让你气我，下次我还摔这么多东西。"

"你摔这么多东西，还不如我请你去外面吃一顿大餐呢，下次吵架，一定不要摔值钱的东西了，或者是干脆就不要吵了，你克制一点。"

"你为什么总做惹我生气的事情，就拿上次来说，你给你老家一笔钱，却不让我知道，你说该不该吵？"

"那事情怨我，下次我注意就是了，可过日子，哪有不出现矛盾的，我以后保证会改的。"

时隔不久，又一次山雨欲来，女人拉好了架势准备进行内战，男人则一贯进行自守，女人刚想摔东西，男人吆喝着："注意代价。"

女人没好气地顿了顿后，放下了电视机，然后去拿不值钱的扫帚或者其他不贵重的物品，但男人还是挨了打，受了点小伤，经过初步统计，此次吵架至少花费了 300 元。

"还是太高，"男人嘟哝着，"我们还是减少吵架的频率吧。"

"下次不摔东西了，就是吵你，练唇剑舌枪。"

女人果然照着做了，可代价却接踵而至，女人由于吵架太猛，得了急性咽炎，去医院输液花费了至少 100 元，女人骂自己没用，一拳捅在男人的肩膀上，男人一个趔趄。

女人与男人最后协商了一个结果，尽量减少吵架的次数，再有气时，便互相避让，看不着也就不会生气了，这样坚持了一段时间后，他们的感情竟然顺风顺水起来，相互和谐的时候多了，瞪眼睛的时候少了。

男人总结了经验，说道："爱情对于双方来说是双赢的结果，如果整天吵架，就无法和谐共存，也就不能使家庭过上好日子，所以说，上天赐予你爱情就是为了相互疼爱对方。"

女人点着头，缩在男人怀里，像一只猫咪。

爱情鸿沟

男人接到女人的短信，说我们生活在一起太累了，分手吧。男人没有回短信，女人又发了一条：男人何苦为难女人。

他们的爱情走到了尽头，不再有当初的铮铮誓言，这也许是每一个男女必须经历的过程，只是有些男女将他们的爱情小心地磨合，就像一辆车，修好了，重新登上征途，而他们选择了放弃。

男人给女人打了电话，"今晚回家吃分手饭吧，明天去民政局。"

女人说："我加班呢，迟一点回家。"

男人说："我做饭，等你。"

女人很晚才下班，疲惫地踏上了回家的路程，想到过了今晚他们的爱情就会轻轻地画上一个句号，她也有些于心不忍，回想起过往的岁月，她心潮澎湃，禁不住梨花带雨。

远远的，她看到了男人在寒风中裹着衣服，痛苦地蹲在楼梯口，看到她回来了，大声嚷着："注意脚下，刚挖的新沟，没有灯，注意安全。"

女人此时才看清楚脚下果然有一条鸿沟，如果不是他提醒，她肯定会出危险。

女人尾随着男人回家时，男人赶紧开了空调，去冰箱里拿鱼、鸡和菜。

女人吃惊地问他，"你一直没进家吗，等了两个多小时？"

"我不知道你何时回来，所以干脆就守着，要知道，那条沟可是刚挖的，我过时，整个身子摔了进去，我害怕你重蹈我的覆辙。"

女人心疼地拽了男人过来，看到男人的脸皮破了，血液早已经凝固。

女人与男人共同迈进厨房里，女人以前很少下厨，他们两人一声不吭地做着饭。

男人端了饭时说道，饭有些糊了，但愿这最后一顿饭不会影响你的心情。

女人毫不犹豫地回答道："不，我还愿意吃你做的糊饭，一辈子。"

男人用了近两个小时的时间，填平了横在他们中间的爱情鸿沟。

爱情遗嘱

女人兴冲冲地回到家里时，看到丈夫坐在沙发里抽烟，屋里的空气沉闷得好像棺材。

就在上周的某个时间，女人向他提出了离婚，男人一声不响，脸色可怕得要命，她安抚他，天涯何处无芳草？

男人半天后回了她一句，"你早就有心上人了吧？"然后苦笑。

女人阴谋去会见她的情人，他是她的初恋男友，腰缠万贯，钻石王老五。男人只会没命地吸烟，希冀尼古丁带来的片刻麻木给他带来短暂的安宁。

女人进了屋里，关了门，将脸上的化妆品除去。他不喜欢女人妖艳，现在，她不想让他过分难过，分手后，依然可以做朋友的。

男人的拖鞋声由远及近，他开了门说道："我答应你，我不后悔。"

这一句话，为他们之间10年的婚姻生活淡淡地画了一个圆满的句号，互不伤害的结果简直就是一朵盛开的榴梿。

女人心神不宁，觉得男人有异常，他好像有什么心事凝结在喉，却不愿意讲出来。

女人想起了什么，翻看男人的博客，什么也没有发现，他已经好长时间没有更新了。查看邮箱，正常。而当她的手终于碰到一份病历诊断书时，她傻眼了，诊断结果上，她分明看到了"肺癌"字样。她还找到了一份爱情遗嘱，上面赫然写着，他如果不在人世，所有的财产全部属于她。

天呀，女人抱头痛哭起来，他时常咳嗽，有时候吐血，她却一次也没有陪他去过医院；他熬夜挣钱，有时候头晕不止，她却没有为他端过一次参汤。如今，由于自己的疏忽，他的生命岌岌可危，不管如何，自己都要送他最后一程。

女人下定了决心，她夜晚时分给情人去了电话，讲述了事情的整个经过，情人不理会她的心情，给她下了最后通牒：要么赶紧与他离婚，要么就永远不要来找我。

女人痛苦地挣扎着，最后，她毅然选择了留下来。

在以后的日子里，她日夜与男人守在一起，男人咳嗽时，她过来帮他捶背，男人去医院检查时，她就守在排椅前面，一直看着男人痛苦地从输液室走出来。

有一次，她记起有一件饰品落在情人家里，便着急地去那里取，却意外地发现，情人已经有了新欢，他找到了另外一位"浓得化不开"的女子，她出门后，大骂他伪君子。

男人的病却一天天好起来，症状明显减轻，她高兴的同时，却若有所思。

时间过去了一年，情人的影子彻底从女人的视野与生命里消失了，她现在已经习惯于照顾面前这个男人，这个与她相濡以沫了近十年的男人。

结婚纪念日那天，他意外地送给她一大捧玫瑰，她欣喜不已。

她在整理男人的病历时，蓦地发现一件奇怪的事，那个"癌"字，她怎么看怎么觉得异样，后来她发现了秘密，有人用涂改液涂抹了原来的字，重新写了一个"癌"字。

是男人，女人一时间有一种被愚弄的感觉，可当她回到卧室里，看到熟睡的他时，她想明白了，是他，用一个决绝的谎言，挽救了她濒临危险的心。

她没有捅破男人的小伎俩，她只是悄悄地将所有的病历和那份遗嘱放在了最温暖的角落里。

为你等待一百年

　　1903 年，年仅 15 岁的赫里与邻村的一位姑娘吉娅订下了娃娃亲，订亲时，他发誓一生只爱吉娅一人，除非她遭遇不测。但根据当地习俗，婚前他只能与吉娅见上一面，在见面时，他看到一位清纯如的姑娘，他由衷地喜欢上了她，分手时，他赠送给她一只玉手镯，他留下了一只，到成亲的时候，这对玉手镯会相约永远在一起。

　　但那年夏天，一场泥石流袭击了附近的几个村庄，赫里在外地打工，躲过了这场劫难，等到他听到消息，回转家园时，他眼前看到的却是满目疮痍，全家人无一幸免。

　　他开始配合村民们抢救幸存者，当他起到吉娅的家里时，现场一片狼藉，他拼命地翻找着，试图能够找到幸存的吉娅，但除了瓦砾一堆外，他什么也没有发现，甚至那只玉手镯也可能被泥石流吞没了。

　　料理完家人的丧事后，年轻的赫里仿佛一夜之间长大成人，政府为他们重新建设了家园，但他却没有放弃寻找吉娅的信念。

　　他这样分析：如果吉娅已经死去，那么尸体应该能够被发现的，但现场只发现了她家人的尸体，那只玉手镯也不知去向，这至少说明，可能当时吉娅并不在家里，她外出寻亲，或者是去田野里放牧。

但奇怪的是，吉娅并没有回来，赫里十分纳闷，便到处张贴寻人启事，希冀可以找到失踪多日的吉娅。

有的人过来劝慰赫里，说吉娅的父母本不同意他们的婚事，主要是考虑赫里的家境贫穷，吉娅说不定了受父母的影响，原本就不同意这桩婚姻，而这场泥石流更加剧了她的念头，也许她回来后，发现家中已经是一片废墟，于是，她便离家出走，或者是找了个更好的男人远遁他乡。

不会的，不可能，她不是这样的人，她的眼神告诉我，她是多么执着，多么爱我，虽然我们只见过一面，但我胜似见她一百年。

执着的赫里并没有就此罢休，他开始到处搜寻吉娅的下落。

十年过去了，赫里已经长成了一个年轻阳光帅气的小伙子，有一位姑娘走进了他的生活，她听说了赫里的故事后，觉得他是个重情重义的人，值得托付终身。

姑娘开始说服他接受现实，从幻想中摆脱出来，但赫里不肯，他依然每天放牧，每天到吉娅的家门前守候。

吉娅的家因为赫里的坚持，政府并未动它们，十年的时间，周围早已经是车水马龙了，而这里却依然是一片废墟。

赫里的心开始动摇了，他准备接受姑娘的爱，当他们快要踏入婚姻殿堂时，他突然间听说了一个消息：在另一个城市，有人见到了受伤的吉娅，说她躲过了泥石流，却被一伙歹徒绑架到了那里。

赫里的心开始颤抖，他毅然放弃了这段婚姻，前往那里寻找吉娅。

他找寻了7天7夜，在警察的配合下，他们抓获了那伙歹徒，发现了3具女性尸体，1具尸体经过鉴定，警察说很有可能正是赫里要寻找的吉娅。

赫里不相信这个现实，因为他没有发现那只手镯，他坚定地认为：这不是吉娅，而是另外一个女孩子。

他又回到了村子里，度日如年。

岁月不居，时节如流，一眨眼又过去了30年时间。

已经将近花甲之年的赫里，终于在政府的说服下改造了吉娅的家园，但他提出了条件，留一块一平方米大小的原址，以备奇迹的发生。在那块一平方米的土地上，赫里写下了今生今世的誓言：寻找吉娅，矢志不渝。

赫里在70岁那年，爱上了一位比自己小10岁的老妇人，老妇人也是那场灾难的幸存者，同样的境遇，加上她富有同情心，使得他们很快便走到了一起。

还有一个主要原因：就是她长得十分像吉娅，赫里在恋爱阶段将她当成了吉娅，并且他在"爱"入膏肓时，竟然直接呼出了吉娅的名字。

但他们的爱情只维持了半年时间，因为老妇人实在忍受不了与她睡在一起的老头子，每天以另外一个女子的名字呼唤自己，她不是她的影子，而是实实在在的一个人，她需要真实的爱情。

但她同情他，被他的伟大爱情所感动，她真诚地祝福他，说她要移居国外，如果在异国他乡，有关于吉娅的任何消息，她会写信告诉他，在那里，她会成立一个寻找吉娅的组织。

老妇人说到做到，在90岁那年的夏天，老妇人打电话告诉赫里：在纽约，有一位年纪与吉娅相仿的老妇人，她每日里孤独地生存着，她的手上戴着与赫里一模一样的手镯。

赫里火速赶往纽约，当他看到那个眼神时，他惊呆了——忧郁的眼眸，被岁月蒙盖却依然犀利的眼光，就是她，失踪近100年的吉娅。

原来，吉娅的确当时外出，躲过了那场灾难，但当她准备去寻找赫里，却被一伙趁火打劫的人贩卖到了国外，后来，她侥幸逃脱，却再也无法回到家乡。

2008年3月，两位超过100岁的老人举行了一场盛大的婚礼，闻讯而来的人，都被他们的爱情故事所感染，他们互相约定着，一定要超过他们100年的相爱纪录。

第二天，在南美洲安第斯高原，海拔4000米的地方，登山爱好者发现了一种100年才开一次的普雅花突然开放，普雅花的花期只有两个月，花开之时倾国倾城，极为艳丽。

普雅花坚持了100年时光，才迎来了一次飞越式的开放；赫里为吉娅等待了100年，他们的爱情终成正果。

一份爱可以等待100年，你可以为你的爱人守候多少年？

小一号的爱情

他和她的结合,是丘比特的爱神之箭搞出的戏剧性的恶作剧。

许多人这样子褒贬他们的爱情。

他个头低矮,样子丑陋,她与他正好成反比,身材苗条颀长,是那种人见人爱的美人坯子。

他们的爱情在众人疑惑的目光中生根发芽,直至后来有了爱的结晶,他们却依然顺风顺水,举案齐眉,在大家面前,一点儿也没有风吹草动过的萎乱与萧条,大家都疑惑不解。

有一日,几个爱情上失意的姐们死缠烂打地请她过来饮茶,其中,不知是谁起的头,要求她讲述一下他们之所以能够相濡以沫的缘由。

她笑得花枝乱颤,合不拢嘴,就好像那个男人已经成了自己的掌上宝。

她讲道:"开始时,感觉自己吃了亏,拼命向他索取,或者是干脆以离婚相威胁。但某一日,我从百货商场买了双红色的皮鞋,却是大一号的皮鞋。女人喜爱的东西大抵如此吧,不管能穿与否,样子可爱就要买单,买来以后却穿着不合脚,干脆扔在鞋架里。不知过了多久,我于某日回家时却发现他忙得不亦乐乎,他在那双皮鞋的脚后跟上加了垫块,这可是一件让我开怀大笑的事情,我说这怎么可能,加个垫块会伤到脚的,他则说试了才知道效果。

"我在他的鼓励下试穿那双大一号的皮鞋,却突然感觉到从未有过的舒适,那块垫块,他用心良苦地请教了鞋匠师傅,改了好些次才成功。从那时起,我突然间感觉到,自己平时对他的尊重太少了,我开始刻意改变自己的装束,你看,我现在不穿高跟皮鞋上街,尽量素面朝天,其实,是为了照顾他的感情。"

在鞋子的后面加了垫块,原来的不适合竟然成了适合;素面朝天,却是为了与他更加贴近。这是一个多么和谐的经典爱情故事!

这世上没有小一号的爱情,只有小一号的心灵与智慧。

爱到极致却是死

一个漂亮的女孩子，坐在我的面前，向我讲述着一段铁骨铮铮的爱情誓言，她是针对我刚刚向她表白的一辈子只爱她一人，会爱她爱到极致的反驳。

她说在她的老家，有一个老翁，挚爱他的糟糠之妻，天公偏不作美，妻子年方四旬便与世长辞，只留下老翁一人，老翁觉得愧对老妻，终日以泪洗面，他拒绝了媒人的多次登门，发誓一辈子只爱她一人，他保持家中的布置和她生前一样，每日悲伤不已，生活在阴影之下。时间没过多久，他于一个清晨追随他的老妻驾鹤西游。

他对她的爱的确到了极致，却偏偏伤了自己，相信九泉之下的老妻也希望他能够长命百岁，将自己丢失的寿命弥补给他，可惜的是，他终日生活在悲伤之中，这就是爱到极致的代价。

城里有一个画家，一生仰慕凡·高的画作，希望自己有朝一日能够成为凡·高一样的名人，他钟情于临摹凡·高的画，几乎到了痴迷的境地，以至于后来他的作品可以做到以假乱真，他匆忙地行进了30余载，于某个黄昏时分突然离世，带给家人无穷无尽的怅惘。

查他的日记后才知道原委：他的画作中尽是凡·高的影子，毫无自己独特的风格，他已无法左右自己的思维与手臂，他越是想自拔，却陷得越深，病困交加之下，身体再也支撑不了这份爱与恨，终于，一命呜呼。

这就表明，不仅是爱情，生活中的事情，包括事业，爱到极致也是死。

女孩子继续对我说道：我不是一个哲学家，更不是一个历史学家，我只是想告诉你，爱一个人、一件事物，点到为止，能够付出50%的爱给对方，这已经是弥足珍贵的付出了，不要将所有的精力全部放在她或它的身上，你需要有自己的时间，你需要去爱你的家人、朋友，甚至需要时间去回想一下自己的初恋，包括好好地爱自己。一个不会爱自己的人，如何让他去爱他身边的人？

这是我听到的世界上最通情达理的，也是最至真至纯的爱的誓言。

向我讲这番话的女孩子，多年之后成为我的妻子。

这里的爱情静悄悄

当我踏上这座小镇时，正值当地五年一度的爱情节。说是爱情节，他们却穿着极为朴素的衣服，就好像刚刚从中世纪的广场上走过来的善男信女一样。

这与我在网上看到的介绍大相径庭，我不禁停下了脚步驻足观看，直至向导将我悄悄地拉到旁边的寓所里。

他们穿的都是自己当年结婚时的衣服，越老越好，越老就证明爱情越长久。女向导神秘地向我解释着，我一头雾水。

为什么要这样做？衣服当然是越时尚越好，如果他们穿上时下流行的服装，一定会令世人大开眼界的。我满眼狐疑。

这是为了保护他们各自的爱情。向导开始向我讲故事：

半个世纪以前的小镇，有一对夫妻，他们相爱结婚生子，相约着白头偕老。妻子是个爱打扮的女子，每天里涂脂抹粉的，想挽留自己的容颜与男人的心。当时小镇仍然处于封锁状态下，但女人经常在电视上收看那些化妆类节目，便动了心，她想给镇上的男人们一个惊喜。

但他们的爱情却没有长久下去，因为女人将自己打扮成一朵花，自然便吸引了无数男人的目光，于是，她的爱情观于某日突然发生了改变，当另外一个男人走进她的世界里时，这里便发生了一场决斗，可怕的决斗，几乎全镇的人都参加了战争，结果使这座百年小镇差点毁于一旦。

战事平息后，镇长为了让大家吸取经验教训，便规定每五年举办一次爱情节，要求大家穿上结婚时穿的旧衣服，并且进行褒奖。镇长的意思是：最初的爱情是最纯洁的也是最真的爱情，让大家穿上自己的嫁衣，是让大家时刻警惕婚姻出现危险，前事不忘，后事之师，爱情要时刻保持原有的忠诚。

这里的离婚率非常低，在50年时间里，只有一对夫妇发生了婚姻纠葛，并且在镇长的协调下转危为安，至今，他们依然和睦相处。

我从自己的行李箱里，找了一件自认为最旧的衣服，与向导一起融入人群中。我能够听到他们真情的呐喊，那声音没有自私与偏见，没有狂妄与争执，有的只是语言掠过生命的枝头，只是一只叫"知更"的爱情鸟飞离树梢，消失在无尽的视线里。

杯记得茶的香味

失恋总是与生命如影随形。

我的失恋发生在 20 世纪 90 年代中期，当时，我已经步入适婚年龄，而父母的苦口婆心自然是我心动的助推器。

对象是个貌美如花的女孩子，我选择她的理由不是她漂亮，而是她被我的纤纤手指幸运地在众多写满纸团的女孩名单里挑中，我相信机缘巧合，于是便开始发动攻势。

而我笨拙的表现却使我从她的爱情视野里被淘汰掉了，后来我才知道，女孩子竟然也列了一大串的男孩子名单，而我则排在最后一个，我是决然没有以一敌十的功力的，自然失恋在所难免。而这样不明不白、没有任何解释的失恋让我痛苦不堪，她是我第一个深爱的女孩子，想到父母那失望的眼神，想到从此依然孤枕难眠、形影相吊的失落况味，我不可自拔地喝酒、买醉，然后睡梦中一度哽咽、梦呓。

那是一个午后，父亲约了我去楼下的小店饮茶，茶是苦丁茶，一种无人问津的茶，就像我的爱情一样苦涩，没有芳香。

我喝了口苦丁茶，缄默不语，父亲问我味道如何。

我说苦，没有香气，怪不得没有人喜欢喝苦丁茶，没有人会记得这种茶的香味，就像我一样可怜。

父亲换了一种茶，我端起来便闻到一阵芳香，一饮而尽。

然后我问父亲，这是什么茶，如此奇香。

父亲的回答让我惊讶不已：不，这是白开水，我根本就没有加茶叶进去，不过，我用的茶杯是常年浸泡苦丁茶的杯子，你不要以为苦丁茶就是一种苦茶，它不是没有香味，它只是将所有的香味都浸在了杯子里，你刚才不是说没有人会怀念这种茶的香味吗，你错了，杯子记下了这种茶的香味，不然，香味为什么会出现在白开水里呢？

杯子记下了这种茶的香味，总会有女孩子记得我们之间的约定，记得我的模样与爱情。

我犹如醍醐灌顶，从失恋中苏醒过来的我开始全身心地投入工作里，父母也不再催促我有些晚熟的爱情。

那年的冬天，一个女孩子走进我的世界里，她是我的高中同学，我们在彼此的心田里早已经为对方准备下一道永远备存的爱情誓约。

总会有个男孩子或者女孩子记下你的芳名，就像杯记下了茶的香味。

爱情不拐弯

在那个少不更事的年龄里，男孩爱上了一个女孩。

他喜欢骑着单车，带着她一路飞驰，这时候，世界是属于他们的。

他觉得和她在一起，很快乐、兴奋，那是一种原始的纯情，他知道女孩肯定也这样认为，因为，坐在他车后的她，会时常伸出双手抱住他的腰，那是一种平衡的需要，也是爱情的需求。

他们的车子在春天的原野上飞驰，在拐弯时，男孩总会扭过头来，送给女孩一种清纯的微笑，他喜欢这样做，他喜欢在车子上看女孩的微笑，因为，那绝对是浪漫的、温馨的。

女孩突然问他："每次拐弯时，你扭头看什么？"男孩脸色微红："我回头看天上的星星。"

女孩咯咯咯地笑着："你骗人，白天天上怎么会有星星？"

"我是看天边那朵云。"男孩很尴尬的样子，他知道，女孩的眼光是犀利的，容不得半点污渍和谎言。

不知不觉间，他发现自己越来越不能离开女孩，他越来越喜欢自己的单车，因为，现在，只有单车是感情最好的载体。

他始终不敢对女孩吐露自己的心声，他害怕，他真的害怕，什么原因，他说不出来，也许是这个多事的年纪，也许是父母期盼成才的眼神。

女孩呢，始终把自己扮成一枝玫瑰，男孩想走近她，却又害怕她身上的刺，他总在心里想：什么时候？我会拥有枝艳丽的玫瑰呢？

终于，他们的秘密被学校知道了，随即便是雷电交加，风雨飘摇，男孩和女孩站在风中，眼里淌着晶莹的泪水。

接下来，女孩随着父母转了学，要到一个遥远的地方。

那天，女孩突然收到了男孩的一封信，信里告诉她：能让我再带你一程吗？

女孩答应了，这也许是他们分手前的最后一个仪式，仪式过后，会有离别的钟声在远处敲响，等待他们的，会是另外一种生活。

女孩坐在男孩车子的后面，她很习惯地搂住了男孩的腰，男孩的心在颤抖。

就这样，到一个路口的拐弯时，男孩又习惯地扭过了头，目光是如此深情，女孩的眼睛也注入了秋水，这一刻，成为一个永恒。

但是，这时，一个危险的情况发生了。由于男孩的回头，一辆卡车从前方迎面驶来，男孩躲闪不及，他们的车子正撞在卡车上，男孩意识到这种危险时，已经为时已晚，但他还是习惯性地、发自内心地扭过了头，一只手把女孩的胳膊抓起来，扔在了远处。

女孩在瞬间，看见一朵鲜艳的红花在前面开放，它是如此耀眼，她知道：那是一个男孩的花，那朵花应该叫作青春抑或爱情。

女孩没有落泪，带着一个悲伤的故事，带着一个深深的遗憾，女孩离开了这座凄冷的城市。

许多年后的一天，她在放学回家时，路过一个拐角，她看见一个大男孩骑着单车，后面坐着一个女孩，在拐弯时，那个男孩扭过头来，深情的一个眼光，女孩接住了那个温柔的电波。

这是如此熟悉的场景，女孩在突然间明白了，也许，她真是错误的。

原来，所有的男孩在爱情的拐弯处，都会自然地、深情地回头，包括，她的那个他。

那一刻，女孩终于痛悟了：爱情是不能够随便拐弯的，只要一转弯，我们世俗的双眼，就会迷路的。

写在信封角上的爱情

和所有的故事一样,他们也是相识在大学校园里,但有些不同的是,他天生是羞涩的,不愿意轻易吐露自己的心声。而她呢,有些天真、可爱,甚至有些浪漫,她喜欢风花雪月,喜欢春天的雨和秋天的叶。

其实,他一直在暗恋着她,这也许是每个青春期的男孩都会犯的错误吧,他一直想找个机会表白一下自己的爱情,但是,他太平凡了,就像一株树,伫立于秋天的旷野里。

她喜欢去图书馆看书,而每次,她都会碰见他,只一句话,"你也在这里吗?""是的,真有些巧。"只是两句平常的话语,却会在他的心中绽放出许多种爱情的花朵。真的,他很想走向前去,问她需要什么样的书,但是,犹豫了半天,底气不足的毛病又暴露无遗。他害怕玫瑰,并且害怕玫瑰的刺,那些刺不仅会刺伤人的身体,还会让人疼痛一辈子的。

很快地,大学三年的时光匆匆而逝,告别晚会就在今晚。为此,他心里悲伤了好长时间,同学们都在互相告别、再见,他必须抓住这最后的时光,向他心爱的人倾诉衷肠,否则,过了今晚,就会成为终生的遗憾。

他缩在教室的一角,默默地看着她,像这三年的时光一样,他只喜欢这样子,仿佛这已经成为表达爱情的最佳方式。

她像是一个小公主，和同学们叽叽喳喳，说三道四，没有流眼泪，倒好像是向远方旅游。这和他的心情明显成了反比，他本想走向前去，向她倾诉三年的暗恋故事，但现实的环境是不允许的，他在等，再等等，也许一会儿就有机会啦！

终于，她走向了他，"你能给我留下你的地址和电话吗？""好，好的，我家没装电话，我给你留个地址吧。"他写下了他的地址给她，她留下一个微笑，转身消逝于茫茫如水的黑夜里。

毕业后的第一个星期，他竟然收到了她的第一封信，信上问他的就业情况、生活，但没有提到爱情。他很快回了信，告诉她他很好，并转达他对她的美好祝愿。

就这样，他们一直书信来往着，信上说的都是些现实的工作和生活问题。很快地，三年过去了，这期间，他的许多同学都相继成了家，她的信他也收集了两大箱，他喜欢看她的信，尽管三年来，他一直没有对她说出那句多少人说了多少次的誓言。

一天下午，他突然收到她的邀请函，要他参加她的婚礼，他如五雷轰顶，他没有想到有人在他之前渡上了她的小船，他脑海里一片空白，接连病了好些天。

之后，他们再也没联系过，就如原来的一根网线，突然被人剪成了两根。

一个阳光灿烂的下午，他的妹妹过来找一本大学的教科书，找了半天后，她告诉他：你的信好像都长毛了，把它拿出来晒晒太阳吧。他想想有道理，于是他把两大箱信搬到阳光下面摊开。

那些信都是他的回忆，他不忍心去看它们，他坐在旁边，只是看着妹妹轻轻翻着一封封她的来信。

"信封角上有字。"妹妹突然好像发现了新大陆,他接过来一封信,在信封角上,一个小小的英文字母"love",接着,妹妹告诉他,所有的信封上都有。

原来,她用蜡笔写了字在信封角上,只是他的粗心,没有看见,只需要轻轻用手一抹,那些字迹就会展现在面前。

爱情曾经与他擦肩而过,但由于他的羞怯、大意,任它失之交臂。

他的眼泪沿着脸颊无声地滑落。

其实,我们都在犯着同样的错误,我们只会注意爱情的大方向,往往会落下某些爱情的细节,而有时候,那些细节对于我们来说是致命的。

原来,有些时候并不怨上天的安排,只是我们的大意,丢掉了原本属于我们的爱情。

婚姻是女子的最后一道长堤

她是一个典型的古典型的中国式女人,有着古代女人特有的贤惠、温良,在她的眼里,丈夫就是自己的天空,而听从丈夫的安排是天经地义的,因此,在他们两个人中,他是她的主人。

正因如此,当初媒人把他介绍给她时,她二话没说,答应了父母的要求,因为两家门当户对,父母又是好朋友,真的是天作之合,他们的结合肯定是最完美的,至少他们两家的家人认为如此。

说句实话,她真的不了解他,不了解他的性格、交往,甚至于生活,她只会做着"相夫教子"的工作,别的对于她来说都是不重要的,她不管不问他的去向、袋子里有多少钱,因为是他说的,她没有这个资格。

终于有一天,在为他洗衣服时,在他的袋子里,她看见一支口红,那种口红她从来没有拥有过,是那种花似的红、霞般的彩,有着像春天油菜花一样的野香,他从来没有为自己捎过任何一支口红,包括饰品。她以为是他要给自己一个惊喜,于是迫不及待地打开它,想享受一下幸福的滋味。但令她失望的是,里面的口红只有半支,最上面匀匀地,一个圆圆的唇印早已先于她印在上面,那是一种分外的红,格外妖娆。

她忽然间有些明白,难道他真的像电视剧里演的那样,红杏已经出墙,她不敢相信自己的猜想,为什么电视里演的故事会突然发生在自己身上,不,这绝对不是真的。她在心里告诫自己不要乱想,猜错了不仅冤枉了他,而且会破坏自己的家庭幸福,于是,她把那支口红藏在了抽屉里。

再后来的一个下午,她去单位上班的路上,忽然想起家中的煤球炉忘了盖住,家里又没有人,于是没有办法,她只好折了回来。在她打开门的一刹那,第六感觉告诉她屋里面有人,她分明听见自己丈夫的声音,还有,还有一个女人的声音。

那一刻,无论是谁也无法忍受这种现状,心里总有一种失落涌上心头,她真想冲上去,抓住这对狗男女。但是,理智还是告诉她,她不能这么做,在关键时刻,良好的传统教育还是占去了先机,她选择了忍让和退缩。

在这种问题发生后的第二个星期,他突然告诉她,他想和她离婚,让人有些猝不及防,她愣了半天,问他为什么要这么做。他回答:"当初我们的婚姻就是错的,为了你我各自的幸福,我想我们还是离开的好,不要因为我而让你失去幸福。"他说的很好听,她呆坐床上,不知如何是好。他说给她两天的考虑时间,在这两天里,他暂时不住家里。

她知道他的心思在那个女人身上,她真的想当着他的面戳穿他们的勾当,但是,现实是如此的残酷,容不得她做一丝一毫的抵抗,女人命该如此,只能忍让,否则,孩子怎么办,自己的以后如何?

在以后的日子里,她给他说好话,像一只老虎逮住了一只狗,狗百般挣扎,求老虎不要伤害它,老虎龇着牙,阴森森地笑着。但是,老虎毕竟是老虎,丝毫没有怜悯的念头。他没有为她的燕语莺声、嘤嘤哭泣而退缩,而是加大了进攻的势头。

夜里,她做了一个奇怪的梦:洪水肆虐着冲向大堤,她站在堤上,大声呼喊着人们来护堤，可是周围除了洪水外，没有一个人影，她拼命地挖土挡在洪水的前面，但却无济于事。那道长堤已经千疮百孔，无数个蚁穴已经为洪水铺好洞穿的渠道，她溃不成军，跌倒在一片汪洋里。

醒来后，她已经明白，自己的婚姻大堤已经失控，没有人能够挽救它，与其死死地守住它，倒不如让它决堤，等洪水过后，再收拾好自己残缺的爱情。

她没有再犹豫，而是伸出手，亲手挖开了那道即将崩溃的大堤，隐约中，她分明听见里面传来一个个女子的哭声。

婚姻是女子的最后一道长堤，面对洪水，与其死守，不如泛滥。

幸福住在时间的肩头

年轻时的他，少年轻狂，总想到外面去闯闯大千世界，去寻找自己梦中的幸福。于是，他禁不住命运和爱情的诱惑，去外面打工，并且结识了年轻而又单纯的她，他们的爱情几乎是在一夜之间成熟的，就像冬天的雪，只需一个昼夜，便落满整座小村庄。

婚后也曾经热恋过几天，那时，他们互相是对方身上的一部分，出门时总会如胶似漆，生怕一不留神会把对方丢在山坡上。

但他的心是浮躁的，慢慢地，他开始讨厌她，就好像讨厌那已经逝去的残秋。他的目光又望向了远方，因为他认为，外面的世界会更加精彩。

堂而皇之地，他离开了她，对她说想到外面转转，要她在家里照顾孩子，她答应了，因为她觉得她了解他，即使留住了他的人，他的心也会在远方浮游。

在这期间，他出出进进整个小村庄，他曾经得到过、失去过，也曾经为一点点伤心的事情悄悄地抹男子汉不轻易流的眼泪，但是，他从来都是独来独往的，他始终认为幸福就在不远处，他要用双手抓住它，然后走到她的面前，树立自己男子汉的威严。

一眨眼，孩子已经长得和铁锹一般高了，他也快进入了不惑之年，但对于人生，他始终是费解的，活了大半辈子，难道生命就是如此平淡和无聊，向往中的幸福仍然如镜花水月。

一个飘着雪的冬天，他独自一人去山上打猎。今天的收获不错，他的心情也很好，由于想多打些成果来，他误了回家的时间，大雪已经在黑暗到来前封了山，他拖着沉重的收获，向山外赶去。

费了九牛二虎之力，他终于破雪而出，外面雾蒙蒙的一片，分不清天、地和生命。幸亏离家不远，他一条恒心地向家里进军。

远远地，一个熟悉的身影跃入他的视线，仔细辨认，正是他的糟糠之妻，她的手里拿着一只水杯，正站在村口张望。当他从妻子手里接过水杯的一刹那，他忽然感觉幸福从空中不迎自降，他努力地抵抗，想不承认这个事实，但它来得是如此迅速，让他措手不及。

水杯里正有烟雾袅袅升起，那热气暖透了他的万丈雄心。

路上，他问她："你怎么站在路口等我。"

她回答："雪太大，我担心你。"

只这两句话，他们再无言语。

快到家了，她忽然问他："你知道幸福住在什么地方吗？"

他很诧异地摇摇头，她说："幸福就住在时间的肩头。"

他知道：是时间，丈量了他们的爱情长度，是时间，考验了他们的爱情保质期。

只是这一切，他如梦方醒。

爱从"胭脂"到"西红柿"

女人是在一个不经意的时机里,发现了男人"红杏出墙"的证据,原来,女人的第六感觉告诉自己,她面前的这个男人可能会有墙外开花的动机,但女人不相信自己的感觉,觉得自己可能是多虑了,神经过敏。

但那天,女人在收拾男人的衣服时,在他的白衬衣上,发现一片惊人的红,它就印在衬衣的领口上,开始她不敢相信自己的眼睛,觉得可能是西红柿的红,因为男人爱吃那样的蔬菜,甜甜的、酸酸的,西红柿是他们爱情美满的有力见证,可以这样说,就是凭着他初恋时一如西红柿一样的火热情感,她才嫁了他。

但仔细分析后,女人却失望了,这种红分明是胭脂的红,红得做作、不自然,就好像一枚定时炸弹放在了女人的心里,她十分理性地想着对策,按照常规,女人本可以选择"破罐破摔"的策略,因为这是一种最通常的方法,也是最有效的方式,但女人没那样做。

在一次次的侦查过后,女人最终证实了自己的观点,出墙的女人是自己的同事,她的家离自己家不远,只有一站的距离,她曾经带着他一同去过,没想到的是,那儿成了他们感情的"流放集中营"。

那天下午,在男人进入那个女人家后,女人拿了男人的白衬衣,那上面分明一片惊人的红，红得让人不寒而栗。

女人敲了她家的门，一阵忙乱过后，那个娇艳的女人一身慵懒地开门，脸上印着无法掩饰的惊慌，女人的脸色很平静，她对她说："很抱歉打搅你，你能借我你的透明皂吗？我老公吃西红柿时不小心把红色印到了白衬衣上，我想洗一下。"

娇艳女人怔了一下，继而明白似的苦笑："有的，等会儿。"女人的眼里藏满了泪水，她真想冲进去，拿它个人赃并获。

等到男人回家时，那片深深的红已经被女人的巧手变成浅浅的红，继而成了一片雪白，就好像上面什么也没有沾染过。

爱从"胭脂"到"西红柿"的过渡里，她用理智赢回了属于自己的爱，那个女人，称赞她是天底下最聪慧的女人。

胭脂的红是那种虚伪的红、弱不禁风的红和华而不实的红，而唯有西红柿的红，是那种精致的红、雅丽的红，带着自然的凉风，衬着火红的激情，就好像一枚爱情的信号弹，释放在生命纯洁的天空中。

爱情雨

就像这恶劣的天气一样，我们的婚姻出现了问题，原来内向腼腆的他，在结婚短短几个月后，便撕开虚伪的面纱，开始欺负我这个小小的女生，为此，我疯狂地与之争吵，不顾一切地倾诉着我个人的怨恨，不管怎样，我就是要向这世界证明，像我这样的弱势群体，做的肯定是对的。

他坐在沙发上，一言不发，这更增加了我的爆发力，是谁说的，爱情会在沉默中爆发，更会在沉默中突然死亡，今天，我就是要来个鱼死网破，让他知道天有多高，地有多厚，本女子有多么厉害。

我赌气进了里屋，把他一个人关在外面，我打开收音机，让烦人的音乐占据了整个卧室和我的神经细胞，所有的一切，我只是想告诉他我的存在，这个家是属于我的，想让本女子挪开地方，除非太阳从西边出来。

一番独白的战争过后，我疲惫地躺在床上想着错综复杂的心事，忽然门响了，他蹑手蹑脚地像个老鼠一样钻了进来，我故意闭上眼睛不理他，我要看他如何冰释这场爱情事故，他要为他的行为付出长久的代价。

他开始与我说话，都是些试探性的，在不奏效后，又开始唱歌，或者学一些让我原来忍俊不禁的笑话，他那些笑话原本是很招人喜欢的，但今天我较了真，就是忍住呼吸，屏住耳朵不听，在许多种措施不见效后，他用手开始推我，并且嘴里面说着一些让我原谅的话。

我猛地坐了起来，眼里面放着火一样的光芒，我告诉他：今天就是今天，要想和好，除非天上下雨。

我只是想告诉他今天是不可能的，我要灭灭他的威风，否则和好后，他以为本小姐好欺负，过两天就会故伎重演，想冰释前嫌，不付出点代价是不行的。

他失望地离开了，我听见外面没了动静；推开窗，外面正是一弯新月，天上还有调皮的星星在眨着眼睛，我心里暗自高兴，今天要想让天下雨，简直就是个天方夜谭。

过了好长时间，我偷偷地下床隔着门缝看他，却发现他一个人正躺在沙发上抱着脑袋，我本想出去，教训的目的已经达到了，又何必斩尽杀绝呢，但后来我还是止住了脚步，这个台阶我不能给，要给也得他先下才行。

零点过后，正当我迷迷糊糊地准备进入梦乡时，我突然听见了窗边传来丝丝的雨声，雨声潺潺，直接入了我的梦，我不敢相信自己的听觉，这样的天气会下雨吗？推开窗户，却发现有些异常，天上依然是群星拱月，只有我所在的窗檐前下了雨。

我下了床，小心翼翼地上了楼梯，朦胧的月光下，一个熟悉的身影，正在向屋檐上倒水。

那夜的月光分外妖娆，我看见自己的感动从遥远的月光中飞出，瞬间幸福便落满了全身。

为爱情充值

她一直认为,他是个落魄的男人,不仅衣着上不讲究,而且行动上也缺乏一个男人应有的气质和大度,在他的内向和老实面前,她一直占着生活和感情的上风,所以,从一开始,她注定成为花,而他,只是一棵长在庭院里的草。

她在机关工作,外面的应酬很多,而他呢,由于不喜欢在外面工作,自然而然地接替了她原先的家务,因此每天下班回家,她总能幸福地吃到他亲手做的饭菜,这个男人,还是有优点的,这世上会做一手好菜的男人,真的没几个。

她常接到紧急出差的任务,并且一出就是好几天,而常常到外边后,她总是出现手机停机的现象,不是别的原因,就是电话量真是太大了,自己原先充值的话费根本不够漫游的费用,每次,她都是着急得不得了,找个公用电话亭,打到他的手机上,让他到家对面的移动电话亭为自己交款。

回家时,她总是抱怨他:"你怎么回事,不知道我手机没话费了吗?整天都胡忙些啥呀,连自己的老婆都照顾不周,你还是个男人吗?"

他忙着赔礼道歉,嘴里面说着烧香的话:"下次一定会注意的,从今天开始,如果你的手机再出现停机现象,唯我是问。"

从那以后,每次她的手机余额不足时,总会收到一条已缴费的短信,提示她已经有人为她交了话费，她幸福得不得了，那些恩爱的短信，成了记忆中最温馨的享受。

慢慢地，她觉得自己的心情在变坏，老是没事找事地便骂某个东西、某个人，还没到更年期，这心怎么如此烦躁呀？而他成了她的主要发泄对象，什么一个男的却整日待在家里呀，你看人家当了经理，最厉害的一次，她摔了他给她买的廉价耳环，要与他分手。

正在事态恶化时，远在东北的老家突然打来电话，让他赶紧回家，说是母亲病危，他顾不了许多，心急火燎地去了火车站，买了票回老家。

一个人守在清冷的家里，她忽然觉得心如刀绞，没有人为她做饭，也没有人听她刺耳的骂声，原来，仔细想想，她所有的宣泄只是因为她还在意他，或者说她的心中还有他存在的位置。

3天后，她禁不住打了他的手机，毕竟他第一次出远门，又是母亲病危，那边却传来惊人的声音：你所拨打的电话已欠费停机，那声音是如此的冷漠，像是有人关了门、上了锁，或者说自己深爱的人突然间就消失在自己的生命里。

那天上午，人们看见一个女人冒着瓢泼大雨去移动电话亭缴费，碰上人家要下班，她拼命地求人家把费用给缴上，人家不答应时，她甚至痛哭流涕，泪水涟涟。

原来，当爱情遇到困难的局面时，只要是深爱的人，都会毫不犹豫地为自己的爱情充值，他一直在默默地做着，已经许多年了，正是他悄无声息的耕耘，才换来自己脸上的笑容和欢乐。

那天，她把幸福和知足常乐充进了他的手机里，等待着爱情的回归。

旗袍开花

恋爱时，穷酸的他逛遍了半个城市，给她买了件旗袍，那旗袍的颜色艳艳的，她穿在身上，配上一款高挑的高跟鞋，立即显现出她的迷人身姿，当他说她很性感时，她绕着整个中心广场追着打他，说他没正经，专挑便宜的东西勾取女孩的芳心。

那件旗袍随着她走进了婚姻生活，婚后，她一直不舍得穿它，把它锁进了箱子的最底层，因为，这是他们幸福爱情的见证，她要像珍惜生命一样永远地保存着它。

就这样幸福地过了几年，也曾有过针锋相对的争吵，但更多的，却是花前月下的浪漫和卿卿我我的缠绵，他们的爱情像极了那些旧式的爱情，虽然经历了多少风雨，依然青翠挺拔。

那天，她收拾房间，发现了那件旗袍，便把它拿出来到外面晒晒太阳，她却惊奇地发现，布料上面竟然出现了许多的花纹，她大叫他，旗袍开花啦。

听见她的呼唤，他急忙过来观看，看后他说，这是旗袍的布料不好，放时间长了，发霉了，你还真会给它起名字，旗袍也会开花吗？

他说扔了吧，有钱了再给你买几件，她说不要，这是我们爱情的象征，不能随便扔的，他说你给我吧，我去衣料店看能不能处理一下。

半年后,她应聘到一家公司做办公室主任,由于长相出众,并且能力过人,她在又一个半年后当上了公司的常务副总,也就是说,她已经成了一个女强人,一个实力派的人物。

接下来,她频频出现于各种重大的场合,酒店、宾馆、公司的会议室,她的决策思想在全公司甚至于同行业中迅速推广实施,她感觉自己一下子飞了起来,原来,自己所有的才能都被时间困在了内心的最深处,但幸运的是,今天,它全部释放了出来。

她很少回家,有时候回去时,总是与他三言两语地应付两句,然后便匆忙地坐上车,去完成下一步的大规划。

终于有一天,在公司的办公室里,她发现了一个二十多岁的年轻人,眉清目秀的样子,顺理成章地,她调了他做自己的秘书,在接下来的几年里,她的秘书成群结队地换,理由只有一个,她开始变得喜新厌旧,她希望自己的生活里每天都有春夏秋冬。

她的衣服的档次也是不断地提升,为了挽住自己日益逝去的年华,她甚至从北京高价定做了几件修长的旗袍,那些旗袍,令自己所有的自信瞬间展露无遗。

在一个偶然的时机里,平庸的他发现了她出轨的秘密,当他知道自己的女人竟然有"三宫六院"的故事时,他异常气愤,觉得她变了。

她被他召回了家,他质问她为什么会变得如此堕落,她回答他,你以为你是谁,这些年你所有的都是我给你的,我有自己的自由。

他提出离婚,她哈哈大笑,这原本是自己的专利,现在,他竟然捷足先登了,也好,他写了离婚协议,她看也没看,在上面签了字,像公司里签字报销一样。

他临走时把那件旧旗袍送给她，对她说这是你的东西，你保留着吧。她说我不需要了，你把它扔了吧，他没再说什么，只是把它塞进了她的衣柜里。

两年后的一天，年近不惑的她忽然觉得自己的生活竟然是如此的空白、单调和乏味，难道自己的爱情观真的出问题了吗？她苦苦地思索，但无论如何都想不明白自己究竟错在哪儿？

那天出席一个交流会，需要她在台上发言，她穿了一件旗袍，正当她准备上台时，办公室的一名职员竟然脱口而出：你看老总的旗袍开花啦！

她猛地一愣，低下头去看旗袍的侧面，却突然间发现，旗袍上竟然出现了许许多多的小花纹，她一时间非常费解，这么好的旗袍，也会发霉吗？

回到家里，她脱了旗袍仔细看，但的确是真的，这种名贵的旗袍竟然也开了花。

她发疯似的翻箱倒柜找东西，她记得两年前，分手时，他好像放在了某个衣柜里。

终于，找到了，那件旧式的旗袍，正规规矩矩地叠放在柜子的最深处，上面还残存着茉莉花的清香，她打开来，仔细观看，原来旗袍上面残存的花纹竟然无影踪，只留下一些灰尘，轻轻一掸，满屋尘埃。

她好像想到了什么，扔掉了手中的旗袍去打电话，电话接通了，那边一个老妇人的声音：不巧，他和新婚妻子去海南旅游啦！

满地的旗袍，刹那便开满了花。

晚上7点钟的爱情

印象里,父母亲从未有过在别人面前互相示爱的动作,尤其是在我和妹妹面前,他们总是平平常常地过着日出而作,日落而息的生活,我曾经一度想,也许农村的男女就是如此吧,他们从不将爱表露在别人面前,或者他们根本就没有爱情,他们有的,只是一种跨越时空的结合,从而孕育出几个孩子,然后将他们培养长大罢了。

我从山里的小学校跑出去,一跑就是10年的时光,10年的岁月里,我在外面结了婚,生了子,我只是在闲暇的时光里,才会想起在贫穷的小山村里,住着我的父母双亲。

我每月执着地向家里邮钱,父母写信来说钱没处花去,不用寄了,家里太平,不让我牵挂,好好工作,对得起政府才行。我回信说多买些好吃的,现在山里也富裕多了。

那一年,我在报社参加了一组摄影比赛,比赛的内容为生活中的一些感人的镜头,要求有真情实感的那种,我跑了大半个河南,仍然无法找到让人感动的角色。

那一年的冬天,当路过家乡时,我突然有了一种想要回去看看的冲动,已经一年多没回去了,每年也就是在春节时带着妻儿,用一种敷衍的姿态来对待家乡的乡情，我有时也是泪湿襟衫。

回到家时，已经是傍晚时分，冬天黑得早，屋子里点着一盏温馨的灯，母亲正坐在灯下缝父亲穿破的衣服，妹妹已经出阁好些年了，她也有了自己温馨的小家，只留下父母二人，过着孤单寂寞的生活。

我说爸呢，妈回答说去矿上干活了，已经一年多了。

我无语，母亲起身为我倒水，然后问我孙子怎么样，有些想他了。我说我会带他过来的。

不大会儿，我听见了矿上下班的铃声，母亲习惯地看了看表，说六点半了，你父亲每天总是七点钟进家门，她起身和我到门口张望。

一副高大的身躯进了门，有着和我一样的秉性和气质，父亲推门的声音气贯长虹，连他的咳嗽也有着一种善良的意味。

父亲看我回来，问我一些话语，此时此刻，正好七点的铃声响了，母亲将父亲的大衣脱下来，然后坐在炭火旁给父亲洗手，父亲的手每年冬天都会冻裂得厉害，他特殊的作业环境影响了他的健康，母亲用了各种药粉擦在父亲的手上，然后放在炭火上烤干，嘴里面还说着，也不注意点儿，看裂的，下回干活可要注意了。

我正坐在床边望着外边无边的雪花出神，蓦然间，一幅感人的场景令我潸然泪下，母亲的手托着父亲枯干裂开的手，一种温度从一只手上产出，再向另一只传输，这是怎样的一种场景呀。

谁说父母没有爱情，他们的爱情就藏在每天的七点钟，在这个时刻，是他们一天中生活最温馨最浪漫的时光，他们团圆的生活，他们用自己的平凡铸就了一份永久的亲情和爱情。

我拿起照相机拍下了这令人感动的镜头，洗出来后，当妻子看见照片时，她禁不住地泪光闪动，儿子嚷着要回老家看爷爷奶奶。

这是一张永恒的照片，我会一生去珍藏，我给它起了个很好听的名字《晚上7点钟的爱情》。

爱情的第三辆车

那一年的春天,他从所住的城市到那个遥远的边城,目的只是为了看她,在此之前,信笺是他们感情联络的最好载体,一封封缠绵的飞鸿,从春暖花开的南国飞到白雪纷飞的北国,他们的感情开始开花。

在他们朝夕相处的几天里,他们彼此都保存着一份朦胧和纯真,他们都不愿意轻易吐露那一抹芳菲,也许,他们太年轻了,年轻得只能默默地注视着对方,他们的肩膀还不能承担起世间的风风雨雨。

她能够做的,只是躲在厨房里,为他做他喜欢吃的蛋炒饭,他乐滋滋地,嘴上满是油花,他说北国的水就是比南国的新鲜,带着一种自然和超脱,还有一种……

他的话到嘴边又赶紧咽回,他是想说还有一种浪漫,但他的脸立即变得绯红。

分别的日子马上就要来了,她说要送他到火车站,但他说不必了,我还要到另一个城市,离这儿很近的,那里有一位同学在等我,我们是一块儿过来的。

正是寒冬腊月的时节,外面滴水成冰,两人躲在车站牌下等开往另一座城市的公共汽车。

不大会儿，一辆车到了，她说你快走吧。他拿起行李，准备上车，但迟疑了片刻，他竟然说道，再等会儿吧，车上人太多，我不愿意给别人挤着。

他们又站在一起，她给他买来了烤红薯，那是北国所特有的物产，热气腾腾的。

一会儿，又一辆车来了，她招呼他，那辆车的司机也从车上下来，准备帮助他搬运他的行李，可刚走了一半的路，他却又踅了回来，对她说，这车上没装空调，我怕冷。

司机不依不饶的样子，我这车上有空调的，只是没开而已。他紧接着说，肯定没装的，你们总是喜欢骗客人。

他不容分说，从司机的手里夺过行李，任凭司机在雪地里歇斯底里地冲着他们吼叫。

她禁不住捂住嘴笑，笑他理由的不充分和莫须有，两道目光撞击在一起，产生了电光火石般的悸动，她忽然倒在他的怀里，泪水早已经浸湿了大片大片的雪花。

又一辆车到来时，他们已经在雪地里相拥了一个多钟头，她对他说，秋天我去看你，你等我。他郑重地点头，然后拖着自己的行李上了车。

女孩尾随在车的后面跑，他从车窗里探出头喊她，车已走很远了，只有一个女孩的声音在空气里回荡：我爱你。

其实，所有的爱情都装在第三辆车上，她庆幸自己，当爱情的第三辆车来到时，等到了她刻骨铭心的爱。

一朵花的幸福不叫春天

他终于设计好了整个环节,这一切,目标直指向她。而他呢,只不过是为了让自己获得另外一份看起来亮丽光鲜的爱情。

他与她,两小无猜地走过来的,她一直担当着贤内助的角色。而他呢,是企业的高管,雷厉风行,每天迎来送往,美女如云,一来二去的,男人的心难免臣服于另外一枝花朵之下。

他想离婚,但一直没有合适的借口。但那边的她,每天将他的电话打爆,并且按图索骥地准备袭击他们的爱巢。他心有余悸,一直想着以一个合适的理由结束现有的爱情生涯。

但她太完美了,牺牲了自己的文学爱好,每天相夫教子。家中,被她收拾得一尘不染,将他的胃照顾得健健康康,原来的胃病也远去了。她每天都会费好长的时间准备饭菜,蒜要一瓣瓣剥去,菜要一根根清洗,水果也要浸泡好长时间,才肯让他和孩子们大快朵颐。

风会将鸡毛与蒜皮吹得渐行渐远,就好像他们的日子,尽是些鸡毛蒜皮般的小事情。

摩擦是在所难免的,他高傲无比,而她,总是万事由着他,他养成了大而骄的性格,在家中,总会将一些莫可名状的怒火发出来,而她呢,成了他最好的出气筒。

终于，一个计策油然而生。

一个牛奶般的小生，是她的初恋，而他遇到他时，双眼有电火花闪过。

牛奶般的小生，借口去了她家，当她遇到他时，往事悠然，手足无措，尴尬无奈。

小生经常过来，插科打诨，其实，性不过是他精心安排好的一颗棋子罢了，双方签了协议，事成后，各奔东西，绝不轻易吐露半字真情。

她的心，从未有过的激动。其实，每个人的心中，都存在着不安分，不过，有些人将它表达了出来，而有些人，则按捺着藏在心中。

牛奶小生发动了攻势，终于，于某个黄昏，在他们的家中，他破门而入。牛奶小生与她正慌乱不堪，他倒是平静了半晌，然后道："他是修理工吧。"

她开始与他解释，其实，他们什么也没有做，虽然牛奶小生表白过，但她均以反对者的姿态出现，而他不听，终于，顺理成章，他让她首先负了他，他离了婚，长出了一口气。

她独自一人带着孩子，发誓这辈子再也不相信爱情。

至于那个牛奶小生，则被他付过款后，打了个半死，让他从此后漂泊异乡，不准再踏入本城半步。

本来以为，自己收获了千载难逢的爱情。新鲜的她，喜欢时髦的她，从来不喜欢柴米油盐，吃饭在饭馆，住在别墅里，她管着他的所有，包括财产、金钱，甚至开始涉足他在公司的所有项目。

同样是某个黄昏，他破门而入了另外一个小区里，她与另外一个小生待在一起。他大怒，刚想发怒，对方先发制人，拳打脚踢。

她与小生，卷走了他的所有财产，而他却不敢报案，本来就是非法所得，岂敢大白于天下？

他花费了半天时间，一个人去做一碗红烧肉，他不会剥蒜，蒜皮随风舞动，手中、眼睫毛上，落满了鸡毛蒜皮般的往事。

他才知道：她为了准备一顿饭，需要花至少一个小时的时间去准备每一道工序，菜要认真地洗，不然会有农药残留；蒜要一瓣瓣剥；所有的佐料要事先准备好。

他忽然间泪流满面。

一朵花的幸福不叫春天，两个人加上老人与孩子的幸福才是春色满园，一杯酒、一壶茶，才是真真实实的人间烟火。

那个傍晚，一个满身污垢的中年人，在雨中疯狂地奔走，他大声叫着自己前妻的名字。

爱人是用来麻烦的

一夜之间，白了少年头，苦心经营的一家公司，由于资金不畅而进入倒闭倒计时。

很少回家，所有的苦痛要自己来扛，想起恋爱时的铮铮誓言：买一栋别墅，与她相守到老。但现实却很残酷，他不想让她替自己承受无名之痛。

但她却来了，平时她很少来他的公司，她只是贤内助，在家中教养孩子——人见人爱的孩子，谁见了都说继承了他们俩身上的所有优点。

他努力挣扎着笑脸相迎，孩子在他面前撒娇，他曲意逢迎，她则一句话不说，翻看他们公司的报表，然后，她冰雪聪明地来到了他的身边，要求孩子从他的腿上下来，到旁边玩耍去。

"你有麻烦了吧?"只一句话，他便泪流满面。

她将他的头搂了过来，在自己的怀中，做了长久的停留，他像个孩子似的，难受得要命。

他向她倾诉了自己的所有不快，包括创业时的艰辛，还有如今的困境。

"我以前做得不好，只知道在家中忙碌，其实，我早就应该帮你。"她承诺着。

"你如何帮我? 现在，最缺乏的就是资金了。"他擦干了眼泪。

"别忘了我的专业,管理学,更别忘了我有一帮闺友,虽然长年不见面,但网上没少聊天,也许,她们会帮助我们的。"她笑了起来。

"谢谢。"他忍不住脱口而出,觉得十分陌生,就好像多年以前,两个人是陌生人时一样的谦恭。

"你这人,爱人,是用来麻烦的,知道吗?"

这句话,他头一次听说,但觉得十分温馨。那晚,在她的怀里,他睡得舒服安心。

他感觉对不起她,半年前,他认识了一位娉婷的女孩子,愿意嫁给他和他的钱财。当时,他心动了,二人交往已久,就差揭露事实后,与现在的她摊牌,然后便分道扬镳了。

如果不是公司的事情,也许,那个女孩早已经越俎代庖了。但现在的情况却是,她逃之夭夭,她是决然不会与他分担苦痛的。

早上起来,她却不见了,孩子早早送去了学校,而她早已经驱车去见闺友们。半月时间,三下五除二,借钱融资,几百万打进了公司的账户里,公司解决了困境,运营进入正常化状态。

才知道,她有如此高的人脉;

才知道,有这样一位爱人,是多么幸福的事情;

才知道,自己差一点踏入万劫不复之境。

以后的工作与生活中,他经常会遇到如花似玉般的女孩子,她们纷纷表示欣赏他的才华与财气,但他却一笑置之,他就像一个犯过错误的孩子,更记得那句感人肺腑的箴言:爱人是用来麻烦的,但爱情却不是用来拈花惹草的。

爱的双方,无所谓错与对,只要通过双方的举手表决,再错误的观念,也可以熠熠生辉。但爱的过程中，最忌讳的却是妒忌，良心烂了，再多的誓言形同虚设。

　　爱人是用来麻烦的，你爱她，她爱你，爱的不仅仅是彼此的优，还有对方的劣，能够互相弥补缺憾的爱情，才是世上最圆满的天作之合。

是谁偷走了你的爱情

离婚后,他胸中时常隐隐作痛,对前妻总有一种莫名的感慨与遗憾。

他们是真诚地爱过的,发过誓,割过脉,但在柴米油盐面前,所有的承诺一下子成了过眼云烟。平淡如水,味同嚼蜡,这样的爱情,如果再没有一丝一毫的风生水起,如何可以相濡以沫?

争吵是常事,在家中吵,在孩子的学校吵,在他的单位也会喋喋不休。他是一位企业的高管,如何经得起如此多的纠缠,于是,索性离了吧,散了吧,如风如雨。

僵持了一段时间,他不得不请了长假,去医院看病,再去看心理医生。

医院检查的结果显示他并无大碍,就是太累了。

一定是心理出问题了,他推开了一家心理诊所的大门。

一个戴着口罩,身材矮小的女心理医生接待他,期间,她一直咳嗽,他忍不住道:"你注意身体吧,感冒了吧。"

她抬眼看他,他却意外地感到了一种从未有过的熟悉感,但电光火石了片刻,便被她嘶哑的声音惊醒了:"一个病人,管得了医生吗?"

他向她讲述自己所有的不幸,包括可怕的爱情,对方不说话,只是拿着笔在病历本上不停地记着。她在寻找医治他的良方。

他一口气讲了两个小时，然后停下来，等待对方回答，但她却示意道："继续讲，没讲完呢？"

还有吗？对了，还有她，自己对她的确严酷了许多，钱是自己管着，她没有活动的自由，原来大度，时间久了，总是生疑，生怕她会拐走了自己的钱财，还有，她去会朋友，他则暗中跟踪，怀疑她红杏出墙。

"你果然有病，病得不轻。"医生一句话，总结得十分精辟。

一个方子，摆在他的面前，只写着一句话："找到前妻，向她道歉。"

"我有错吗？错在她。"他刚想发怒，对方则拍案而起："你想不想治好自己的病？"

目光中尽是锋利，由不得他不可一世。

他思考了半天时间，才果断地敲响了她的家门，孩子叫了声"爸爸"，他感动得不得了，抱了孩子。

眼前的她，依然勤恳万分，小小的家，收拾得井井有条，脸上有笑，一点儿也看不出忧郁。

他向她道歉，她却不接受，让他赶紧走，临走时，她提醒他："别总是啃方便面，你有胃病。"

那个晚上，他一个人下厨，为自己做了一顿饭，才知道做饭的不易，菜不会择，下进锅里，竟然带着泥土；油搁多了，火苗旺盛地冲向九霄，燎了他的眉，燃了他的胡子。

"是谁偷走了我的爱情？"他问医生。

"不是岁月，不是年纪，而是你的心。"医生确切地告诉他。

第二道方子，药引依然吓人：继续找到她，与她复婚。

这怎么可能？她会愿意吗？刚想发问，对方却偃旗息鼓，关灯打烊了。

喝多了酒，哭了个痛快，朦胧中，却接到了乡下母亲的电话："你个崽子，她多好呀，赶快找回来，这是政治任务。"

他变成了另外一个人，每天早起，锻炼身体，业余时间，便是跑到学校接孩子，晚上便守到她的门口，虔诚地守护，由不得她不感动，半年时间，爱情恢复如初。

他跑到心理诊所里，见到了那个医生，医生脱了口罩，竟然是她的闺友。

无须解释了，感谢还来不及呢？交了费用，领到了最后一个良方：在余生里，别再让自己偷走自己的爱情。